Einaudi. Stile Libero Big

Degli stessi autori nel catalogo Einaudi

Le Vendicatrici. Ksenia

Di Massimo Carlotto nel catalogo Einaudi

Mi fido di te (con F. Abate)
Respiro corto
Cocaina (con G. Carofiglio e G. De Cataldo)

Massimo Carlotto e Marco Videtta

Le Vendicatrici

Eva

Einaudi

www.einaudi.it

ISBN 978-88-06-21271-1

Le Vendicatrici

Eva

Prologo

Salí le scale di corsa e si fermò davanti alla porta aperta. Lo sentí respirare forte e si decise a entrare. Due mani le afferrarono le spalle e la spinsero contro la parete.

La baciò fino a farle mancare il respiro. Le sfilò il cappotto, la giacca, le sbottonò la camicetta e la spinse sul divano.

Lei si arrese senza condizioni al suo corpo muscoloso, travolta e sopraffatta come desiderava da molto tempo.

Sorrise al piacere di inebriarsi del suo profumo, proprio quello che aveva scelto per lui.

– Guardami, – sussurrò, e lei cercò i suoi occhi. Aveva dimenticato quanto fossero belli.

Aprí le gambe e gli afferrò i glutei per aiutarlo a entrare.

Mai piú senza di lui.

Insieme. Di nuovo.

Abbandonarsi. Senza diffidenza.

A una passione. Da troppo accantonata.

A un'emozione nuova. Ritrovata. Nuova.

Sconosciuta. Diversa. Ritrovata. Come una seconda prima volta.

Senza pudore. Come un'amante.

Aspetta.

Con fiducia. Come una moglie.

Di nuovo. Insieme.

Aspetta.

Uomo. Donna. Marito. Moglie. Amanti.
Insieme.
Mai piú senza di te.
Aveva dimenticato quanto fosse bello.
Troppo tempo. Da sola. Mai piú.
Insieme.
Di nuovo.
Per sempre.
Ti sento.
Mi sento.
Ancora.
Insieme.
Dio, che bello.
Che bello, sí.
Insieme.
Sí.

Poi lo prese per mano e lo portò in camera, la loro camera. Lo fecero ancora, senza una parola, concentrati sui sospiri.

Infine lei si addormentò fra le sue braccia.

Lui rimase immobile. Soltanto gli occhi si muovevano a caccia di ricordi.

Ogni cosa era al suo posto. Quella stanza aveva atteso il suo ritorno.

Eva D'Angelo si svegliò presto. Ammirò una volta di piú la bellezza dell'uomo che le dormiva accanto.

«Il mio sposo», mormorò fra sé con orgoglio.

Avrebbe voluto rimanere ancora a letto ma quel giorno cominciavano i saldi, la profumeria sarebbe stata presa d'assalto. Non poteva lasciare Ksenia e Luz da sole. Le sue socie e uniche amiche non avevano ancora l'esperienza necessaria per affrontare una folla di clienti.

Sospirò pensando a quanto sarebbe stata interminabile la giornata prima di rivederlo.

Si lavò a malincuore: le sarebbe piaciuto tenersi addosso l'odore di quell'amore ritrovato. Contemplandosi allo specchio vide una bella donna di quarant'anni che sorrideva come una stupida, con le stesse fossette sulle guance di quand'era bambina.

Decise di scrivergli un biglietto. Lo faceva spesso dacché era tornato. Quella mattina non trovava le parole giuste per esprimere l'ondata di emozioni che la travolgeva. «Ancora tu», vergò con la sua grafia chiara e tondeggiante, e uscí, risoluta a raccontare tutto a Luz e a Ksenia, che questa volta avrebbero dovuto capire.

In strada si rese conto di essere in ritardo. Sollevò il bavero del cappotto per difendersi dal freddo e affrettò il passo verso la macchina parcheggiata sul lato opposto dei giardinetti pubblici, ancora deserti a quell'ora del mattino.

Seduta su una panchina del piccolo parco giochi c'era una donna dall'età indefinibile: quaranta, forse cinquant'anni. Nonostante la temperatura rigida, indossava solamente un lungo cardigan sopra una maglia di lana fiorata e una gonna di un azzurro lucido fino ai piedi che metteva in evidenza il ventre prominente. Teneva d'occhio una bambina dai boccoli corvini che si dondolava su un'altalena lanciando urletti di piacere.

– Fai attenzione, mannaggia la testa tua! – continuava a raccomandarsi la donna dalla panchina, con uno strano accento che Eva non seppe decifrare.

Al momento di svoltare nel vialetto che conduceva all'automobile, si trovò circondata da cinque donne, tutte molto giovani. Scherzavano rumorosamente, spingendosi e ridendo in modo sguaiato. Anche loro indossavano gonne lunghe dai colori vivaci, fucsia, verde acceso, e maglioni dalle fantasie chiassose, zebrate o floreali. Portavano i capelli nero pece sciolti sulle spalle e avevano la carnagione olivastra. C'era qualcosa che non andava in quelle tizie, non facevano che guardarsi attorno.

Nel gruppo spiccava una bella ragazza sui venticinque anni. A differenza delle altre, era bionda e aveva la pelle chiara. Le venne incontro facendole una domanda che Eva in un primo momento non riuscí a capire.

– Ti chiami Eva D'Angelo, vero?

– Sí, perché?

– Tanto per essere sicura, – spiegò la bionda dandole una violenta spinta.

Le altre quattro la chiusero contro una siepe.

– Pigliatevi la borsa! – urlò Eva, terrorizzata.

– Zitta, schifosa. Non voglio i tuoi soldi, – ribatté la bionda.

Eva reagí, divincolandosi freneticamente.

– Ferma, – ordinò la bionda, puntandole al collo un vecchio rasoio da barbiere.

– No, ti prego.

Le complici l'afferrarono per le braccia.

La ragazza avvicinò la bocca all'orecchio di Eva. – Tu lo devi lasciare stare. Renzo è mio.

Eva sentí la guancia bruciare. Il gesto della bionda era stato fulmineo, uno scatto del polso di cui non si era nemmeno accorta.

Si ritrovò a terra contro la siepe mentre il gruppo delle assalitrici si disperdeva in direzioni opposte.

La bocca le si riempí di sangue. Dalla borsa prese un fazzoletto per tamponare la ferita. Lo vide inzupparsi di rosso.

– Signora, è scivolata? Ha bisogno di aiuto? – domandò un'anziana passante.

Eva provò a dire che non le faceva troppo male, ma si accorse dello sguardo inorridito della soccorritrice.

Frugò ancora nella borsa in cerca dell'astuccio del fard e commise l'errore di guardare la ferita nello specchietto. Cadde su un fianco, svenuta.

Uno

Da quando era diventata socia della profumeria *Vanità*, Ksenia Semënova amava aprire il negozio e aspirare profondamente quella particolare miscela di essenze e fragranze, quella magica concentrazione di molecole che si formava nel corso della notte e che durava giusto un attimo, prima che gli odori della strada prendessero il sopravvento. Era un piccolo segreto che le era stato rivelato da Eva, ben piú esperta di lei nell'arte dei profumi.

Quel giorno era in anticipo e fece le cose con calma, consapevole che di lí a poco sarebbe iniziato l'assalto delle clienti attirate dai saldi di gennaio e non ci sarebbe stato un istante di respiro.

Un'altra abitudine che aveva adottato da quando la sua vita aveva finalmente cominciato a scivolare su binari sicuri era quella di leggere il giornale ogni mattina, per migliorare la padronanza della lingua. Ksenia era siberiana ma parlava un italiano privo di inflessioni. Se lo era imposto con la stessa ferrea disciplina che aveva appreso nelle palestre di Novosibirsk, quando sognava di divenire una ginnasta olimpionica. Il destino aveva poi deciso differentemente ma l'intransigenza con cui era stata plasmata era diventata il suo modo di affrontare la vita. E le aveva permesso di sopravvivere. Le piaceva soprattutto tenersi informata sulla cronaca di Roma, mantenendo cosí uno sguardo vigile sulla città che in un recente passato le aveva mostrato il suo lato oscuro.

La metro B era di nuovo andata in tilt seminando il panico tra i passeggeri. Lo storico ippodromo di Tor di Valle avrebbe lasciato il posto al nuovo stadio di calcio. Sui sei ettari dell'ex Fiera di Roma lungo la Cristoforo Colombo sarebbero state costruite case di lusso e appartamenti ad affitti agevolati. Inutili per il momento le proteste dei residenti contro l'ampliamento del poligono di tiro della Cecchignola, sette milioni di euro investiti per sparare cannonate dentro la città. In via del Corso i passanti seguitavano a rompersi le caviglie dopo il restyling dei marciapiedi. Molti quartieri erano afflitti da misteriosi black-out. Il cosiddetto «mago delle truffe» dei Parioli aveva raggirato duecento commercianti. Millequattrocento pullman turistici in visita ai Musei Vaticani continuavano a invadere il centro storico inquinando l'aria, ingolfando il traffico e distruggendo il già precario manto stradale ridotto ormai a un colabrodo. Un'inchiesta denunciava che il quindici per cento dei ristoranti della capitale era in mano alla criminalità organizzata. All'Eur gli addobbi natalizi erano stati usati come segnaletica dello spaccio. A San Basilio si poteva noleggiare ogni tipo di arma destinata a rapine e intimidazioni. Un tizio adescava ragazze su Facebook promettendo assunzioni in Vaticano al prezzo di ventimila euro. A Tor Bella Monaca due clan nigeriani si facevano la guerra a colpi di machete per il controllo della droga. Un noto costruttore era stato narcotizzato e derubato nella sua villa.

Ksenia scorse i titoli voltando rumorosamente le pagine. Non aveva voglia di farsi rovinare il buonumore. Andò direttamente alla rubrica dell'oroscopo e nel riquadro dedicato al suo segno, il Leone, ebbe la conferma di ciò che sapeva già: l'amore era in congiunzione favorevole. Si soffermò sui segni di tutte le persone a lei care e sorrise alla notizia che per quello di Eva, i Pesci, era previsto un risveglio dei sensi. Chissà, finalmente la sua amica avrebbe trovato un uomo degno di lei.

Consultò l'orologio: mancavano cinque minuti all'apertura. Strano che Eva non fosse ancora arrivata. Forse era il caso di chiamarla. Non fece in tempo a mettere in atto il suo proposito che il telefono del negozio squillò.

– Pronto, *Vanità*, – rispose in tono professionale.

– Con chi parlo? – domandò una voce sconosciuta.

– Sono Ksenia Semënova. In cosa posso esserle utile?

– Sono un'infermiera del policlinico Gemelli. La signora Eva D'Angelo mi ha dato questo numero.

– È successo qualcosa?

– La signora ha avuto un incidente. È ricoverata al pronto soccorso.

Ksenia la tempestò di domande, ma l'infermiera non aggiunse particolari e la invitò a recarsi in ospedale. La siberiana guardò la strada attraverso la vetrina e vide Luz Hurtado che si avvicinava a passo spedito, nonostante i tacchi.

La colombiana aveva appena accompagnato a scuola la figlia Lourdes. Come al solito si erano fermate al bar a fare colazione. Lourdes adorava inzuppare il maritozzo in un bicchiere di latte freddo, e immancabilmente sul labbro superiore le rimaneva una macchia bianca che Luz cancellava con un gesto del pollice delicato e premuroso.

Luz era in leggero ritardo e arrivò alla porta insieme alle prime clienti. Ksenia uscí subito.

– Scusate, – disse fissando la colombiana. – L'apertura è rimandata di qualche ora. Abbiamo un problema con la corrente elettrica.

Le signore si dispersero mormorando commenti rassegnati sull'Italia, paese in cui ormai non funzionava piú nulla.

– È successo qualcosa a Eva, vero? – chiese Luz preoccupata. – La storia dell'elettricità era una balla.

– Vai a prendere la macchina, – tagliò corto la siberiana, abbassando la saracinesca.

La ragazza del rasoio si era spostata dall'altra parte della città con la metropolitana. Aveva sciacquato la lama sotto il getto di una fontanella. Tornata a casa ne avrebbe ravvivato il filo passandolo sulla coramella. Aveva estrema cura della sua arma. Ne conosceva ogni segreto, e nella sua mano appariva e scompariva con la disinvoltura di un gioco di prestigio.

Avrebbe potuto essere molto piú spietata con Eva D'Angelo, ma il suo obiettivo era mettere le cose in chiaro, e un taglio netto e pulito poteva bastare.

Venne affiancata da un ragazzino a bordo di uno scooter. Rallentò per consegnarle il suo accordéon e poi ripartire senza un saluto.

La ragazza si caricò lo strumento in spalla e camminò per qualche minuto. Si fermò di fronte a un grande negozio di tessuti e iniziò a suonare *La valse* come l'aveva imparata dai cugini *manouches* di sua madre, che le avevano fatto conoscere la musica dei Négresses Vertes.

Una melodia struggente che in quel momento aveva ben altro significato. Il padrone uscí di corsa e ascoltò per qualche istante, pallido in viso. Poi sparí all'interno ma continuò a seguire l'esibizione attraverso la vetrina, lo sguardo fisso sulla musicista, che ripeté il brano tre volte come le era stato ordinato di fare. Era il loro modo per annunciare l'arrivo del fuoco che tutto bruciava e riduceva in cenere.

Nel linguaggio del clan, una «sonatina» era il primo avvertimento. Due, il secondo. La terza segnalava che non c'era piú nulla da fare.

La ragazza pensò che avrebbe voluto suonare per il suo uomo. Ma Renzo l'aveva abbandonata per un'altra e, da allora in poi, ogni volta che avesse baciato quella donna sulla guancia, non avrebbe potuto fare a meno di ricordare il suo rasoio.

Se fosse tornato lo avrebbe perdonato. Ma doveva sbrigarsi. Prima che la delusione, la rabbia e l'amarezza si trasformassero in odio. Lei conosceva bene quel sentimento: le era stato insegnato fin da bambina.

Eva era adagiata sul letto con il viso bendato.

– Cos'è successo? – domandò Luz stringendole affettuosamente una mano.

– Mi hanno tagliato la faccia, – rispose Eva con un singulto.

– Chi è stato? – chiese Ksenia, facendo la conta dei fantasmi del passato che le affollavano la mente.

Eva capí cosa stava pensando e scosse la testa. – Una ragazza, – rispose a voce bassa. – Ha detto che Renzo è suo.

– Renzo? E tu cosa c'entri? Non lo hai piú visto né sentito.

Eva abbassò lo sguardo, le amiche capirono ed esplosero in un coro di rabbiosa incredulità.

– L'hai rivisto?

– E quando?

– Perché non ce l'hai detto?

– Quello stronzo ti ha rovinato la vita!

– Ti ha svaligiato casa!

– Ci ha quasi fatte ammazzare!

– E con quale faccia si è ripresentato?

– Cos'è, ha bisogno di quattrini?

– E tu glieli hai dati?

– Non dovevi vederlo mai piú!

– Chi è questa donna?

Avevano ragione. Renzo, suo marito, l'aveva abbandonata nelle mani del peggiore strozzino di Roma, innescando una serie drammatica di eventi che aveva messo a repentaglio le loro vite e incrociato i loro destini in una tragica lotta per la sopravvivenza, al termine della quale Ksenia e Luz si erano innamorate e lei era rimasta sola.

Eva temeva la reazione delle amiche ma era stanca di mentire, lo aveva fatto per troppo tempo. Alzò la mano in un gesto di resa. – Per favore, cosí non ce la faccio.

Luz le rivolse un sorriso triste. – Ci andiamo a bere un caffè e ti lasciamo riposare un po'. Ma poi dobbiamo parlare, Eva.

– Certo, avevo deciso di farlo proprio stamattina.

Le amiche uscirono e lei comprese che il discorso che si era preparata con tanta cura per spiegare a Ksenia e a Luz il ritorno di Renzo non aveva piú senso. Doveva pensare ad altre parole per giustificare la propria ingenuità, che ora le provocava un dolore sordo, destinato forse ad attenuarsi, non certo a sparire.

Poco dopo, quando Ksenia e Luz si sedettero sul letto e lei sentí il calore della loro amicizia, Eva capí di averle ancora dalla sua parte e iniziò a confidarsi.

Come ben sapevano, da quando Renzo l'aveva abbandonata non aveva accolto nessun altro uomo nella sua vita.

«Non sono pronta», rispondeva alle amiche quando insistevano a indicarle qualche tipo interessante che si faceva vedere in profumeria con sospetta assiduità. Guardandosi per l'ennesima volta allo specchio, vedeva una donna di quarant'anni dal viso intelligente. Tre chili di troppo la costringevano a indossare una taglia 44, ma rinunciando alla pasta e al pane che le piacevano tanto ci avrebbe messo poco a tornare alla 42. Era solo questione di volontà. Ma era proprio quella che le mancava. Non aveva voglia di farsi bella per nessuno. Dopo ciò che aveva subito dal marito, gli uomini preferiva tenerli alla larga. Da loro non c'era da aspettarsi nulla. Era refrattaria a nuove, avventurose incognite. Il tradimento di Renzo l'aveva fatta soffrire già a sufficienza.

Renzo. L'uomo che aveva sposato per amore subito dopo le prime esperienze giovanili. Il compagno con cui avrebbe voluto invecchiare dopo aver condiviso gli inevitabili alti e bassi. Il marito che, nelle sue aspettative, le avrebbe strappato un sorriso anche quando avessero perso tutti i denti.

Renzo. Che invece era impazzito e aveva distrutto tutto per il vizio del gioco, e lei aveva finito per passare le serate in casa, guardando la televisione o ascoltando canzoni che la facevano piangere.

Col trascorrere del tempo, però, la solitudine era diventata insopportabile, e d'altro canto Eva non aveva intenzione di stare sempre a rimorchio di Ksenia e Luz, che avevano la loro vita di coppia e una bambina da crescere. Cosí aveva preso l'abitudine di andare al cinema da sola, cosa che prima le sarebbe sembrata inconcepibile.

Con Renzo invece facevano tutto insieme. E questo «tutto» le mancava da morire. Sentiva la mancanza dell'uomo che aveva conosciuto a ventitre anni, la persona con cui aveva trascorso buona parte della sua vita. Il compagno elegante, bello, gentile, profumato, spiritoso. Non l'uomo gretto e meschino a cui aveva detto addio.

Una sera aveva deciso di andare a vedere un film in un cinema vicino a casa. S'intitolava *Un sapore di ruggine e ossa*, ed era la storia di due vite spezzate che trovavano la salvezza scoprendo l'amore. La sala buia, costellata dalle luci degli iPhone che in tanti non riuscivano a spegnere nemmeno per godersi lo spettacolo, la fece sentire ancora piú triste, attorniata da altre solitudini. Si era alzata e aveva lasciato il film a metà, nonostante fosse molto bello.

In strada vide Renzo che saliva su un'utilitaria scassata. Avrebbe potuto chiamarlo, invece si era allontanata con il cuore che batteva forte, in preda a un'agitazione che si era protratta per l'intera nottata. E il giorno successivo aveva mascherato a malapena il suo scombussolamento in presenza di Ksenia e Luz.

Dunque, era tornato a Roma. Forse viveva in zona. Il particolare dell'auto ammaccata la fece assurdamente preoccupare. Una volta Renzo guidava una spider di cui andava orgoglioso come un ragazzino alle prese con un giocattolo nuovo di zecca. Quante gite avevano fatto sulla Bmw. Appena usciva un po' di sole, lui le proponeva «una gitarella». E poi magari finivano a Venezia, o a Napoli. Oppure si fermavano alla prima trattoria fuori porta. Ma quello era un altro Renzo.

Dopo un paio di settimane lo incontrò di nuovo e questa volta le era sbucato proprio davanti, senza possibilità di evitarlo. Le sembrò piú emozionato di lei. Dopo gli inevitabili «Come stai?», «Che ci fai qui?», «Ti vedo bene», rimasero a guardarsi, paralizzati dall'imbarazzo. Fu lui ad avere il coraggio di invitarla a prendere un caffè.

Il Renzo che l'aveva abbandonata avrebbe cercato di sorprenderla con una spiritosaggine o le avrebbe raccontato qualche balla pur di non ammettere che si era rovinato l'esistenza appresso a scommesse e slot machine. L'uomo che aveva davanti, invece, rimase a fissarla, incurante dei lunghi silenzi.

– Perché non me lo chiedi? – le domandò a un tratto con un sorriso mesto.

Eva non fu in grado di formulare la domanda che pure si era fatta tutti i giorni, da quando lui era uscito dalla sua vita.

– La risposta è: no, non gioco piú. Nemmeno un gratta e vinci. Sono a posto. Di cazzate ne ho fatte anche troppe.

– E adesso cosa fai?

– Ho trovato lavoro in un negozio di casalinghi qua vicino.

– E vivi con qualcuno?

– No. Ho fatto male a tante persone.

Eva abbassò lo sguardo.

– È da mesi che cerco il coraggio per chiamarti, – confidò Renzo.

– Perché?

– Volevo chiederti perdono per tutto quello che ti ho fatto, ma soprattutto per le brutte cose che ti ho detto l'ultima volta.

Eva non fu capace di soffocare il rancore. – Che sono vecchia e non ho piú i quattrini che ti servono?

– Ti giuro che non l'ho mai pensato.

Eva si sentí avvampare dalla rabbia. – Quest'incontro non è casuale, vero?

Renzo esitò. Ma poi ammise che sí, erano giorni che le ronzava intorno senza sapere come fare a fermarla.

Delusa, Eva si mise il cappotto. Maledisse tra sé la manica che non riusciva a trovare.

Renzo si alzò per aiutarla. Lei lo fulminò con lo sguardo.

– Hai tutte le ragioni per odiarmi e se vuoi non mi farò vedere mai piú. Però una cosa devo chiedertela.

– Non ho piú soldi e lo sai.

– Non si tratta di questo.

– E allora cos'altro vuoi?

Renzo la guardò dritto negli occhi. – Perché non hai ancora chiesto il divorzio?

Eva andò via di corsa dal caffè, senza sapere cosa rispondere. Passi affrettati, rabbiosi, il cuore in tumulto. Poi tornò indietro, decisa ad affrontare la questione. Da lontano lo vide sulla porta e senza mai raggiungerlo lo seguí, fino a quando lui entrò in uno di quei negozietti con scope e confezioni di detersivi, carta igienica e acqua minerale ammonticchiate all'ingresso.

Incuriosita, rimase in attesa e dopo un paio di minuti lo vide spazzare l'uscio del negozio. Indossava un camice color carta da zucchero che gli stava un po' largo. Dunque aveva detto la verità. Ne fu sollevata, anche se le si strinse il cuore nel vederlo ridotto cosí, lui che era l'uomo piú elegante del quartiere.

Renzo si accorse di essere osservato, e sorridendo alzò le spalle e inclinò la testa di lato.

A Eva venne da ridere. Quando usava quell'espressione le ricordava Stanlio che cercava di farsi perdonare da Ollio dopo averne combinata una delle sue.

Due giorni dopo un fattorino le recapitò un pacchetto. Sul biglietto di accompagnamento c'era scritto: «Questo non l'avrei mai venduto. R.».

L'astuccio in pelle conteneva un anello con un rubino a forma di cuore incastonato nella montatura di platino. Era il gioiello che Renzo le aveva regalato per il loro fidanzamento.

Eva lo infilò all'anulare, accanto alla fede che non si era mai tolta.

Il dettaglio dell'anello non sfuggí a Ksenia e Luz. In un primo momento cercarono di indovinare quale tra i pretendenti si fosse fatto avanti. Ksenia propendeva per l'ingegner Galatoli, Luz puntava sull'ottico in fondo alla strada.

Eva si guardò bene dal fare il nome di Renzo. Sapeva come avrebbero reagito le sue amiche.

Lei e suo marito si erano incontrati ancora, sempre «per caso». E a ogni incontro la paura e la diffidenza cedevano il posto all'intesa di un tempo.

Continuarono a vedersi sempre piú spesso e sempre piú a lungo. La mattina, prima di andare al lavoro. La sera, prima di rientrare nelle rispettive case.

A Eva capitò di arrivare tardi all'apertura della profumeria, lei che in vent'anni non aveva mai sgarrato di un minuto.

Erano andati avanti cosí fino al giorno in cui, uscendo per andare al lavoro, vide Renzo che dormiva in macchina.

– Mi hanno buttato fuori dalla pensione, – spiegò imbarazzato. – Ero in arretrato di un mese. Gli ho detto che avrei pagato fra una settimana col prossimo stipendio ma non hanno voluto sentire ragioni. Hanno buttato la mia roba fuori della porta. Volevo chiederti ospitalità per la notte, ma poi mi sono vergognato. E cosí mi sono addormentato. Scusa, me ne vado subito.

– Hai l'aria stanca.

– Non sono piú un ragazzino.

Eva prese le chiavi dalla borsa. – Sali a farti una doccia. Quando hai finito, telefonami.

Per l'intera mattina lui non aveva telefonato e tantomeno risposto alle sue chiamate. Eva, in preda al panico, aveva resistito a fatica alla tentazione di confessare tutto alle amiche. Aspettò la chiusura prima di afferrare la copia delle chiavi che teneva sempre in negozio e precipitarsi a casa.

«Eppure è cambiato», si ripeté lungo il tragitto. Sebbene fosse evidente che era in difficoltà non le aveva chiesto niente, nemmeno un centesimo, nonostante fossero passati mesi dal loro primo incontro. Era meno brillante di un tempo e questo in un certo senso l'aveva tranquillizzata. I suoi occhi azzurri come il mare la guardavano con amorevole devozione: era impossibile fingere in quel modo, persino per uno come lui. Il nuovo Renzo era piú misurato, impaurito forse. Di sicuro piú fragile, ma irresistibilmente tenero e galante come pochi uomini sapevano essere. Non era possibile che fosse una bufala.

L'aveva abbracciata e baciata e lei aveva ritrovato l'amore e la felicità, finché una sconosciuta non le aveva tagliato la faccia.

– Ecco, questo è quello che dovevate sapere, – concluse, spossata.

Luz si asciugò una lacrima.

Ksenia invece sospirò e cambiò discorso. – Devi avvertire Renzo e farlo venire qui. Dobbiamo capire bene cosa è successo.

Eva prese il cellulare ma Renzo non rispose. Gli inviò un messaggio, sicura che fosse ancora all'oscuro dell'aggressione.

Invece suo marito ne era al corrente fin dal primo istante. Dalla finestra aveva visto tutto, ma non aveva avuto il coraggio di intervenire. E ora si sentiva una merda. Gli era mancato il fegato di farsi vedere dalla ragazza bionda e dalle sue comari. Era terrorizzato dalla sua imprevedibilità. Quella donna lo faceva impazzire, in ogni senso. Come del resto tutte le belle donne. Erano il suo secondo vizio dopo il gioco d'azzardo, o forse a pari merito. Il gioco e il sesso erano per lui complementari, due propulsori di energia, due generatori di adrenalina. Il gioco lo esaltava, le donne lo eccitavano e in piú svolgevano la funzione di cassa continua, necessaria a foraggiare il vizio per l'azzardo. Il suo amore per loro era sincero finché si intrecciava con la necessità di farsi mantenere. La sua capacità di soddisfarle sessualmente, come era successo la notte precedente con Eva, era una forma di gratitudine nei confronti della loro generosa apertura di credito. Quando il conto corrente si prosciugava, il sentimento di gratitudine scemava e la sua capacità di amarle si inaridiva. Non si trattava di cinismo o di puro calcolo. Era semplicemente il suo modo di essere. D'altra parte Renzo sapeva essere magnifico con le sue muse ispiratrici, che infatti lo perdonavano oltre ogni ragionevolezza come aveva sempre fatto la moglie, sebbene fosse tutt'altro che stupida. L'agguato subito da Eva aveva però sconvolto i suoi piani. Evidentemente la ragazza lo aveva individuato e spiato, e Renzo avrebbe dovuto essere piú che convincente con la moglie se voleva ancora contare sulla sua comprensione, e protezione. Era giunto il momento di essere sincero, almeno un po'. Il segreto con le donne era somministrare loro pillole di verità, in una sorta di cura omeopatica dei sentimenti. Lesse il messaggio di Eva, e si decise ad andare in ospedale per sistemare le cose.

Quando entrò nella stanza non aveva ancora elaborato una strategia precisa, e la presenza delle due maledette lesbiche lo mandò in confusione.

– Che hai fatto, stronzo? – sibilò Ksenia tirandogli uno schiaffo sulla testa.

– Diglielo! – lo incalzò Luz.

– Chi è la troia che ha sfregiato Eva? Perché dice che sei suo? Che cazzo hai combinato?

Ksenia perse la testa, afferrò la spalla dell'uomo e lo colpí al mento con un pugno. Renzo indietreggiò di un passo per sottrarsi alla siberiana. Era forte, e non aveva nessuna remora a picchiare un uomo. Già una volta gli aveva rotto il naso con una padella.

– Si chiama Melody Mascherano, – si affrettò a rispondere. – È una pazza.

– E dove l'hai conosciuta?

L'uomo improvvisò, affidandosi alla sua lunga esperienza nel campo delle menzogne. – In un locale, sei o sette mesi fa.

– Ci sei andato a letto? – lo incalzò Eva con gli occhi lucidi.

Renzo chinò il capo in atto di contrizione e mormorò: – Sí. Una volta sola, ma lei ha perso la testa.

Eva non riuscí a trattenere le lacrime.

– Stronzo! – imprecò Ksenia, colpendolo sulla nuca con cattiveria. – Scusa, – disse poi, rivolta a Eva. – Ma vederti cosí mi fa troppo male.

– Dajene 'n artro, – sussurrò lei tra le lacrime.

Renzo alzò le mani per proteggersi. – E lasciami!

Eva finalmente trovò il coraggio di affrontarlo. – Torna da lei, e non farti piú vedere.

– Ma quando sono andato con Melody, tu e io non stavamo piú insieme.

– Però non mi hai detto niente e questa mattina lei mi ha sfregiato con un rasoio. Chissà cos'altro mi stai nascondendo.

– Mi sono tenuto dei soldi che appartengono alla sua famiglia, – ammise Renzo. – E quando lo scoprono...

– Quanto, esattamente? – chiese Luz.

– Ventimila euro, e quelli non scherzano. Appena se ne accorgono mi fanno la pelle.

– E che fine hanno fatto?

Renzo non rispose.

– Non hai mai smesso di giocare, vero? – domandò sua moglie in tono triste.

Renzo annuí.

– Mi hai giurato che avevi cambiato vita. Hai lasciato questa Melody per via dei soldi che hai rubato, altrimenti saresti rimasto con lei, non è vero?

– Ma no, non è cosí.

– Smettila di mentire, – lo ammoní Eva. – E hai avuto il coraggio di tornare da me, di fare l'amore con me. Sei proprio una merda.

– *Un hombre sin cojones*, – confermò Luz.

– È meglio che vai alla polizia e racconti tutto, – intervenne Ksenia.

– Non posso. Finirei in carcere e non risolverei nulla.

– Allora qual è il tuo piano, grand'uomo?

Renzo guardò Eva. – Ho bisogno di un po' di soldi per andar via per un po'.

– Non se ne parla proprio, – sibilò la siberiana.

– E invece sí, – si oppose decisa Eva. – Devo aiutarlo, se voglio liberarmi di lui e avere la coscienza a posto.

Ksenia, esasperata, alzò le braccia al cielo. – Eva, per favore! Dopo tutto quello che ti ha fatto?

– È malato, lo sai.

– Veramente sei tu quella in un letto d'ospedale.

– Ti prego, Ksenia, ti prego.

La siberiana incrociò lo sguardo della sua compagna. Luz scosse impercettibilmente il capo per farle capire che la pensava come Eva. E Luz era il suo amore. Di sicuro non si sarebbe messa contro di lei per un uomo come Renzo. Però non aveva la minima intenzione di doversela di nuovo vedere con una banda di criminali, e lo fece presente alle amiche.

– Si tratta solo di nasconderlo fino a quando non si calmeranno le acque, – disse Eva.

– Cosí ce lo togliamo di torno, – aggiunse Luz, sapendo di usare un argomento convincente.

– D'accordo, – tagliò corto Ksenia. – Forse so dove sistemarlo.

Renzo si buttò in ginocchio al capezzale della moglie, ringraziandola per la sua comprensione. Era patetico nello sforzo di sembrare sincero. In realtà era soltanto spaventato.

Renzo Russo non valeva una cicca.

Ksenia accompagnò Luz in profumeria. Non potevano certo permettersi di tenere chiusa *Vanità*, avrebbero perso troppe clienti. Poi telefonò a Sara, sperando che le rispondesse.

Di Sara Safka non aveva notizie da parecchio. Tempo prima avevano avuto delle divergenze che erano sfociate in uno scontro durissimo. Poi la necessità di restare unite di fronte a un nemico mortale le aveva costrette a raggiungere un'intesa. Ma la siberiana non era cosí sicura dell'accoglienza che le sarebbe stata riservata. Sara era tosta quanto misteriosa. Poteva contare su grandi disponibilità economiche e aveva accesso a informazioni riservate. Se non era un agente segreto, poco ci mancava. E aveva un carattere difficile e spigoloso. Ksenia non era nemmeno sicura di conoscerne il vero nome.

Rispose al decimo squillo, quando Ksenia stava ormai per rinunciare. Aveva una strana voce impastata e un tono assente, ma accettò di incontrarla. La siberiana passò a prendere Renzo Russo a casa.

L'uomo aveva una piccola borsa da viaggio e lo sguardo smarrito.

– Lo faccio solo per Eva e Luz, – chiarí subito Ksenia.

– Cosa?

– Chiedere aiuto per te a una persona che non vedo da tempo.

– E se questa persona si rifiuta?

– Allora dovrai inventarti qualcosa, perché non ho un piano di riserva.

Lungo il tragitto lo lasciò in un cinema multisala, ordinandogli di non allontanarsi per nessun motivo, e si diresse verso la Collina Fleming.

Eva era stremata e avvilita. E preoccupata. Per Renzo, per la profumeria, per il suo futuro. La prospettiva di ritrovarsi sola ancora una volta le risultava insopportabile. E poi, quella ragazza col rasoio. La folle crudeltà del suo gesto. La rabbia per la violenza subita le procurava un tremito intermittente. La ferita pulsava, e nonostante le rassicurazioni del chirurgo l'idea di rimanere sfregiata la terrorizzava. Da sempre aveva dedicato al suo viso una cura maniacale. Il ricordo dello squarcio sulla guancia e di tutto quel sangue la costrinse a chiudere gli occhi. Non avrebbe piú avuto il coraggio di guardarsi allo specchio. Lo sguardo della gente, delle clienti e delle amiche puntato sulla cicatrice le avrebbe ricordato ogni giorno lo sfregio. In quel momento cosí doloroso e confuso, tagliare i ponti col passato le sembrava il piú bello dei sogni. Spossata da quell'angoscioso rimuginare, cercò sollievo nel sonno.

Quando aprí gli occhi vide il commissario Mattioli che leggeva il giornale.

Lo osservò per qualche istante. Era un bell'uomo. Non se n'era mai accorta, forse per via dell'espressione assorta e segnata dalla stanchezza: sembrava deluso dal mondo. «Una brava persona», pensò, rammaricandosi di dovergli mentire per proteggere quell'incosciente di suo marito.

– L'infermiera mi ha detto che l'intervento è riuscito, – disse il commissario, rivolgendole un sorriso tirato mentre richiudeva in fretta il quotidiano.

Eva alzò la mano e si toccò la benda, quasi volesse nasconderla.

– Non si preoccupi, ormai la chirurgia fa miracoli. Non si vedrà nulla.

La donna sospirò. – Speriamo.

– Lei continuerà a essere la bella donna di sempre, – continuò Mattioli, riuscendo a strapparle una risatina imbarazzata.

– Non la facevo cosí galante.

Il commissario ne era persuaso sul serio. Eva D'Angelo era il tipo di donna che gli era sempre piaciuto. Lo stato però non lo pagava certo per fare i complimenti alle signore coinvolte nelle sue indagini, e lasciò cadere il discorso.

– In base alle prime testimonianze, mi sono convinto che l'aggressione è opera di un gruppo di donne del clan Mascherano. Ha ricevuto minacce, intimidazioni prima di essere aggredita?

Eva distolse lo sguardo, evitando ogni risposta.

Mattioli interpretò quel silenzio come una comprensibile reticenza. Accostò la sedia al letto e con pacatezza domandò: – Lei sa chi sono i Mascherano?

Eva fece segno di no, persistendo nel suo silenzio.

Il commissario spiegò che si trattava di un clan di natura familistica le cui attività si dividevano sostanzialmente fra lo spaccio di cocaina e la riscossione crediti. Gli affiliati erano tutti mezzi imparentati fra loro, senza una gerarchia precisa. Ogni componente gestiva i propri affari in modo autonomo, anche se al vertice c'erano quelli che venivano definiti «zii», cioè gli anziani piú autorevoli. Le donne erano parte attiva dell'organizzazione, soprattutto nel traffico di stupefacenti. Era gente che amava ostentare la ricchezza accumulata in quarant'anni di attività, e questo aveva consentito alle autorità di confiscare possedimenti e sequestrare beni. Ma per ogni villa abusiva che veniva abbattuta, i Mascherano ne costruivano altre, ancora piú opulente e sfarzose. Da anni poliziotti come Mattioli cercavano di stroncare la loro attività criminale sul territorio romano, purtroppo con scarsi risultati. Di tanto in tanto arrestavano qualche esponente della banda che si era fatto pizzicare in seguito a spedizioni punitive particolarmente efferate nei confronti di commercianti strangolati dal pizzo. Ma sugli affari grossi dove giravano soldi e pistole non si facevano mai beccare.

Eva lo interruppe agitando una mano. – Si sbaglia, commissario. È una faccenda tra donne.

– Scusi?

– Sí, due fesse prese in giro dalla stessa carogna.

Il commissario Mattioli si accorse che la donna stava per mettersi a piangere. Premuroso, le versò un bicchiere d'acqua.

– Ha capito di chi sto parlando? – chiese Eva.

– Di Renzo Russo, suo marito, – rispose il poliziotto. – Nel periodo in cui ha soggiornato ad Arezzo, è stato schedato in quanto soggetto sospettato di vivere di espedienti.

– E quando mai ha lavorato, quello?

– Mi faccia capire, signora. Lei è stata vittima di una spedizione punitiva delle Mascherano a causa di suo marito?

– Stava con una di loro e poi si è deciso a tornare dalla cretina che le sta davanti. Quelle delinquenti se la sono presa a male e m'hanno sfregiata.

Il commissario annuí. – Allora provvediamo subito al riconoscimento fotografico, sono tutte schedate.

La donna scosse la testa. – Non ci penso proprio. La faccenda finisce qui.

– I reati sono gravi e lei non può decidere di lasciar perdere, perché la legge deve fare il suo corso.

– Io ho chiuso con Renzo e con i suoi disastri.

Mattioli si alzò. – Dove posso trovare suo marito?

Eva distolse lo sguardo. – Non lo so. È passato a trovarmi dopo l'intervento e poi non si è fatto piú vedere né sentire.

Il commissario avrebbe voluto arrabbiarsi e alzare la voce. La reticenza della D'Angelo offendeva la sua intelligenza. D'altro canto gli pareva comprensibile, considerando quello che aveva passato, e non voleva aggiungersi alla lista dei suoi persecutori.

– D'accordo, – si arrese. – Per la sua testimonianza aspettiamo che venga dimessa. Quando se la sente, viene in ufficio e verbalizziamo.

– Quando me la sento, – confermò Eva, vergognandosi di essere costretta a comportarsi in quel modo.

Il commissario le strinse la mano con un gesto distratto e uscí in silenzio, come se avesse altro per la mente. Ed era proprio cosí. Incastrare quel gruppo di donne era un'occasione unica per far capire al clan Mascherano che non era salutare arrischiarsi a mettere il naso fuori dal loro territorio. Alla squadra mobile i fascicoli sulla banda guidata dal vecchio Serse occupavano diversi armadi. Ogni giorno quei delinquenti diventavano piú aggressivi e spavaldi. Mattioli conosceva a menadito la mappa della criminalità che si era radicata a Roma, e temeva che le diverse organizzazioni trovassero un accordo per dare l'assalto definitivo alla capitale.

Chiamò il collega che comandava la squadra anticrimine della zona sudorientale e fissò un appuntamento.

Poi si concesse un caffè nel bar dell'ospedale. Mentre portava la tazzina alle labbra si sorprese a pensare a Eva D'Angelo, ma fu interrotto dall'arrivo del sovrintendente Claudio Matterazzo, il suo autista e collaboratore piú fidato.

– Novità, dottore?

– Dobbiamo trovare Renzo Russo, il marito.

– E le donne del clan Mascherano?

– Ci tocca inventare qualcos'altro. La D'Angelo non collabora.

Sara Safka viveva in un attico arredato con ricercatezza, da cui si godeva una magnifica vista del Tevere. Era lí che Ksenia pensava di nascondere Renzo.

La siberiana era contenta di rivederla dopo tanto tempo, ma quando uscí dall'ascensore il sorriso che aveva stampato sulle labbra si tramutò in una smorfia di sorpresa.

– Sara? Ma sei tu?

– Certo che sono io, – le rispose una giovane donna imbolsita, dallo sguardo appannato e con l'alito che sapeva di alcol e tabacco. Sara si fece abbracciare senza il minimo entusiasmo.

Ksenia si chiese dove fosse finita la ragazza carina e combattiva che aveva conosciuto. Con un gesto affettuoso le scostò i capelli appiccicati sulla fronte e notò che non aveva piú le orecchie a sventola.

Sara le allontanò la mano: non gradiva essere toccata.

– Otoplastica, – spiegò con la bocca impastata. – Non costa un cazzo ma è una gran rottura di coglioni, perché per un mese devi dormire con una benda intorno alla testa.

– Cosa ti è successo, Sara?

La donna si esibí in una piroetta irriverente. – Perché me lo chiedi? Forse mi trovi un tantino grassa, sfatta e sbronza? Cara mia, la risposta è semplice. È andato tutto a puttane. Senza offesa, s'intende: stai sempre con la colombiana, giusto?

– Sí, sto con Luz, e no, non mi offendo, anche perché ha chiuso con quella vita, – tagliò corto la siberiana. – Dimmi perché ti sei ridotta cosí.

Sara ridacchiò. – Magari un giorno te lo racconterò. Oggi fa ancora troppo male. Piuttosto, a cosa debbo l'onore di questa visita?

– Ho bisogno d'aiuto.

– Sai che novità.

– Non è per me, ma per il marito di Eva D'Angelo. Renzo, quello della profumeria, te lo ricordi?

– Eccome! Una vera testa di cazzo. Ma Eva non se n'era liberata?

– Magari –. Ksenia sospirò e le raccontò quanto era accaduto.

– Quel deficiente si è messo contro un esercito di picchiatori.

– Cosa consigli?

– Fatelo espatriare, – rispose Sara. – I Mascherano sono una banda locale. Non credo che per ventimila euro si prenderanno la briga di andare oltrefrontiera a caccia di una mezza cartuccia.

– Lo puoi ospitare finché non organizziamo il viaggio?

– Una bella richiesta, per essere la prima volta che ci rivediamo, – ghignò Sara. – Comunque è tempo perso. Lo sai che quelli come lui ci provano gusto a complicarsi la vita.

– Hai ragione. Fosse per me, lo avrei abbandonato al suo destino. Ma Eva continua ad amarlo. Nonostante tutto, nonostante l'evidenza.

Sara accese una sigaretta e si prese una pausa per riflettere. – Sai cosa diceva Virginia Woolf? – disse alla fine. – Che le donne sono specchi con il potere di riflettere l'uomo in dimensioni doppie rispetto al naturale.

– Credo di capire cosa intendi.

– Portami quell'imbecille, – tagliò corto Sara. – Ma non chiedetemi altro. Mi sono ritirata a vita privata.

Lo sguardo della siberiana si soffermò sulla sigaretta fumata avidamente e sulla bottiglia di liquore mezza vuota.

– Se continui cosí durerà poco.

– Cosa?

– La vita.

Sara abbassò la testa.

– Fatti i cazzi tuoi, Ksenia.

Mentre tornava verso la multisala per recuperare Renzo, Ksenia era cosí turbata per lo stato in cui aveva trovato Sara che ebbe bisogno di fermarsi a bere un caffè. Era stata Luz a farglielo preferire al tè. La colombiana conosceva mille favole e aneddoti legati alla cultura *cafetera* del suo paese e ogni volta che lo preparava ne raccontava uno. Ma ora, di fronte alla tazzina, Ksenia non sapeva che storia raccontarsi per immaginare cosa fosse capitato a Sara.

In lei era rimasto ben poco della giovane donna sicura, sfrontata e coraggiosa che aveva conosciuto. Sembrava che avesse deciso di mandare alla deriva corpo e anima. Il destino doveva averle riservato qualcosa di tremendo, e si sentí in colpa per averla trascurata, anche se in realtà non aveva nulla da rimproverarsi. Dopo tutto quello che era accaduto, aveva investito le energie residue a ricostruire la propria vita insieme a Luz e alla piccola Lourdes. E poi c'era stata la profumeria. Non le era venuto mai in mente di cercarla perché conosceva la sua sete di vendetta nei confronti di oscuri nemici di cui non aveva voluto rivelarle nulla. Sara non aveva nessuna intenzione o desiderio di tornare a una vita normale, ma doveva essere andata incontro a una sconfitta cocente da cui non si era ancora ripresa. Almeno, era l'impressione che Ksenia aveva avuto. Uscí dal bar e risalí in macchina. Pensò a Luz: niente e nessuno avrebbero messo in pericolo il loro piccolo mondo felice. Tantomeno quel parassita di Renzo Russo.

Il marito di Eva sedeva in un bar della multisala. Ksenia lo osservò per qualche istante. La testa ciondolava tra le spalle curve. Tensione, paura, fragilità. Si sarebbero fatti una bella compagnia, con Sara.

Renzo sussultò quando la siberiana gli batté una mano sulla spalla. – Andiamo, – gli disse lei in tono asciutto.

La donna guidò in silenzio per un bel tratto. Poi si decise a parlare. Non ne aveva voglia, ma l'argomento andava affrontato.

– Te ne devi andare all'estero, dove i Mascherano non ti verranno a cercare.

L'uomo si voltò a guardarla. – E dove?

– Dove ti pare. Che lingue parli?

– Nessuna.

– Allora la Spagna è il posto giusto. Lo spagnolo è piú facile da imparare per gli italiani.

– E che ci faccio lí? Il torero?

– O il toro da monta. Puoi sempre trovarti un'altra donna da raggirare.

Russo ebbe un moto di stizza e strinse i pugni per la rabbia. Era stanco di essere insultato e picchiato da quella leccapassere che non aveva mai smesso di osteggiarlo.

Ksenia se ne rese subito conto.

– Vedi di darti una calmata, altrimenti ti faccio scendere, – lo ammoní in tono glaciale.

Renzo sapeva che non poteva permettersi di insegnare a quella strega il rispetto dovuto a un uomo che avrebbe quasi potuto essere suo padre, e cambiò atteggiamento in un attimo. Vivere a contatto con la famiglia Mascherano era stata un'utile palestra per imparare a controllarsi.

– Dove mi stai portando?

– Da un'amica. Si chiama Sara e la sua casa è sicura. Ci rimarrai fino a quando non avremo deciso cosa fare.

– Avremo? Non ti sembra di esagerare? Questa è una faccenda che riguarda il sottoscritto e sua moglie.

– Niente affatto. Eva, oltre a essere una cara amica, è anche la nostra socia. E dato che dovremo sborsare dei quattrini per salvarti la pelle, abbiamo tutto il diritto di prendere insieme a lei le opportune decisioni.

Renzo incassò senza replicare, ma Ksenia non aveva ancora finito.

– Voglio essere chiara con te. I soldi che riceverai saranno gli ultimi. Considerali la tua liquidazione. La profumeria non è piú il tuo salvadanaio.

– Pensi che sia facile vivere all'estero? Non conosco nessuno e mi ci vorrà del tempo per trovare una sistemazione.

Ksenia mise la freccia e rallentò per accostare.

– Che succede? – chiese Russo allarmato.

La siberiana incrociò le braccia.

– Se ti azzardi a chiamare una sola volta Eva, fosse anche per farle gli auguri di compleanno, io ti consegno ai Mascherano, alla polizia, a chiunque sia in grado di renderti innocuo.

Renzo la fissò e capí che non stava scherzando.

– Ma perché mi odî cosí? Non ti ho fatto niente.

La siberiana scandí le parole. – Sei un parassita infetto e pericoloso. Ti voglio fuori dalla vita di Eva e dalla nostra per sempre, hai capito?

Renzo chinò il capo. – D'accordo.

Ma non era che l'ennesima menzogna. Eva era sua e non gliel'avrebbero portata via.

Com'era sua abitudine, Sara attese Ksenia e il suo nuovo ospite sulla porta di casa. Russo le dedicò un sorriso galante che la fece sghignazzare di gusto.

– Il maschio farlocco è un modello che non va mai fuori moda, – disse rivolta alla siberiana. – E questo è un esemplare di razza. Non mi stupisce che una come Melody Mascherano, abituata agli uomini del suo clan, ci sia cascata.

Renzo si irrigidí, convinto di essere finito nelle mani di un'altra arpia, ma le due donne non gli badarono. Chiacchierarono per alcuni minuti, poi Ksenia se ne andò evitando di salutarlo.

Rimasti soli, la padrona di casa mostrò a Renzo la camera dove avrebbe dormito.

– C'è anche il bagno, e il televisore. Cerca di non invadere troppo i miei spazi.

– Sarò discreto, non voglio essere di peso.

– Bravo, ora ti mostro la cucina, cosí ti arrangi per i pasti. Io non cucino...

– Posso farlo io, sono bravo, – la interruppe. – Potrebbe essere un modo per ripagare la tua ospitalità.

Sara lo fissò con fare dubbioso. – Sai fare un caffè decente?

Mentre il caffè borbottava nella moka, Sara accese una sigaretta e si decise a soddisfare una curiosità che le frullava in testa da quando Ksenia le aveva raccontato di Renzo e dei suoi guai con i Mascherano.

– Come sei finito nel letto di Melody?

– Il destino, probabilmente.

– Tutto qui?

L'uomo annuí e si alzò di scatto per sottrarsi a quella domanda. Aprí la portafinestra del salone, piú che per godere del panorama, per non tradirsi con quella donna che gli metteva soggezione. Non che le avesse mentito. Il destino aveva fatto abbondantemente la sua parte. Il punto era che quella faccenda non andava raccontata, tantomeno a una delle amiche di Eva.

Renzo e Melody si erano incontrati in un resort di lusso a Monsummano Terme, vicino a Pistoia, in autunno. Lui si arrangiava a fare l'autista del pulmino che trasferiva i clienti dall'albergo alla zona termale, un lavoro che gli era stato procurato da un conoscente, distributore di prodotti estetici. Detestava quel lavoro e odiava dover indossare un'uniforme che gli stava malissimo, ma non aveva trovato di meglio. La totalità dei clienti era costituita da coppie benestanti e professionisti facoltosi, perlopiú imprenditori, commercialisti e avvocati accompagnati da donne molto piú giovani che presentavano come «fidanzate». Le mettevano in mostra come trofei conquistati non certo grazie al loro fascino. A Renzo facevano rabbia. Lui le donne sapeva ancora sedurle, facendole divertire. Tutte avevano ragione di lamentarsi, ma nessuna poteva dire che le avesse comprate, nemmeno quelle piú giovani. A ogni modo, che fossero marito e moglie o amanti che si erano ritagliati un weekend clandestino fatto di sesso e massaggi, sempre di coppie si trattava. Per questo era rimasto incuriosito da una bella ragazza griffata dalla testa ai piedi, che se ne stava da sola. Si rifiutava di indossare l'accappatoio fornito dall'albergo, odiava il pulmino e preferiva seguirlo negli spostamenti a bordo della sua Ferrari California. La sera, al tavolo della sala ristorante, si guardava intorno con un'espressione altera che, all'occhio smaliziato di Renzo, serviva palesemente a camuffare la soggezione che quell'ambiente paludato le incuteva.

Renzo prese l'abitudine di frequentare il bar subito dopo il lavoro. In quel tipo di resort ai clienti veniva assegnato sempre lo stesso tavolo e dalla sua postazione poteva osservare la giovane sconosciuta tutte le sere.

Si informò alla reception e venne a sapere che la ragazza si chiamava Silvia Cinti e che, in cambio di una lauta mancia al direttore e agli addetti alla portineria, era stata esentata dal comunicare la data del check-out. In altre parole, una bellissima ragazza di venticinque, ventisei anni, evidentemente ricca sfondata, che aveva tutta l'intenzione di starsene senza limiti di tempo in quel rifugio per ricconi intenti a disintossicarsi da stress e mogli rompiballe.

Purtroppo lo status di autista di navetta non consentiva a Renzo di trattenersi oltre, ragion per cui non gli era riuscito di scoprire se la ragazza avesse una vita notturna segreta oppure se andasse a letto con le galline.

Per ammazzare la noia, passava qualche ora in una bisca clandestina dalle parti di Viareggio, un ritrovo di giocatori incalliti che si sputtanavano discrete somme giocando a black jack o a poker texano. Con le carte ci sapeva fare. A parte qualche giochetto di prestigio in caso di necessità, tendeva a non barare. Di solito gli bastava individuare un pollo e proporgli qualche mano, giusto per arrotondare lo stipendio. Ma una sera le carte non ne volevano sapere di girare per il verso giusto. L'incubo dell'ennesima, devastante sconfitta lo stava costringendo a giocare male, bluffando al momento sbagliato e puntando poco nelle rare occasioni in cui aveva il punto in mano. Aveva sottovalutato l'avversario e aveva capito troppo tardi di avere di fronte un vero professionista. Nello scoprire l'ultima carta, quello aveva messo nel piatto cinquemila euro, quattro volte il suo stipendio. Convinto di chiudere un poker di re, Renzo aveva proposto un pagherò, ma il suo avversario accettava solo banconote fruscianti.

Stava già per gettare le carte sul tavolo quando una mano femminile aveva appoggiato sul tappeto verde una mazzetta di banconote, dicendo semplicemente: – Bastano?

La bella sconosciuta gli era venuta in soccorso. Troppo concentrato sul gioco, non si era accorto di lei. Scoprí l'ultima carta. Renzo rimase all'asciutto con un misero tris di re contro il full di donne dell'avversario. Mentre il vincitore allungava le braccia per rastrellare tutti quei soldi, Renzo si girò a guardare la sua finanziatrice, che gli sorrise alzando le spalle. Non le importava di aver perso in un colpo cinquemila euro. Gli altri giocatori lo guardarono con disprezzo e lo invitarono a lasciare il tavolo.

Una volta fuori dalla bisca, Renzo si offrí di firmarle un assegno. La ragazza accettò ma poi glielo stracciò sotto gli occhi.

– Portami al mare, – ordinò, lanciandogli le chiavi della Ferrari.

Raggiunsero Viareggio in una decina di minuti. Renzo aveva sempre posseduto belle macchine, ma quella era un'altra cosa. Arrivarono rombando sul lungomare.

– Fermati, ho voglia di camminare.

Faceva freddo, la sabbia era bagnata per via della mareggiata del giorno prima. Non c'era la luna e il mare era buio. Si vedeva solo l'increspatura bianca delle onde ma alla ragazza non importava. Si tolse la pelliccia di visone e la gettò con noncuranza sulla sabbia, invitandolo a sedersi accanto a lei.

Renzo era piacevolmente sorpreso. Una volta tanto non era lui a recitare la parte del seduttore.

– La conosci quella canzone? – chiese lei accennando al ritornello di *Il mare d'inverno*. – «Mare mare, qui non viene mai nessuno a farci compagnia» –. Aveva una voce roca che creava un contrasto molto sexy con il suo aspetto fisico.

– Chi sei? – le domandò.

– San Baldassarre, protettore dei giocatori di carte.

– Credevo avesse la barba.

Lei rise di gusto. – E allora, autista, dove mi porti adesso?

Renzo si era cosí abituato a lasciarle l'iniziativa che seppe soltanto risponderle: – Dove desideri.

– Vieni, ho voglia di riscuotere la mia ricompensa.

Siccome non le andava di rifare la strada per tornare al resort, la ragazza scelse sullo smartphone il miglior albergo di Forte dei Marmi aperto fuori stagione e spinse la Ferrari California sul lungomare al massimo delle sue possibilità. Guidava come un pilota di rally. Pagò la stanza senza batter ciglio, in contanti.

A letto era diversa da tutte le donne che Renzo aveva conosciuto. Piú disinibita ma non per questo un puttanone, categoria ben definita nella sua classificazione personale dell'universo femminile. Faceva sesso con estrema naturalezza, come un esercizio fisico senza troppa importanza. Preferiva stare sopra. In pratica faceva tutto lei. Raggiunse l'orgasmo in tre, quattro minuti, lasciandolo all'asciutto. E poi, soddisfatta, rimase a guardare Renzo che si masturbava. Sí, mai conosciuta una ragazza cosí. Era di un altro pianeta.

L'indomani lei pagò il conto e lui si licenziò su due piedi. Avevano deciso di fare il giro degli hotel piú belli d'Italia, scelti a caso sullo smartphone. Un'occasione che Renzo non si sarebbe fatto sfuggire per nulla al mondo. Non gli importava se quella favola sarebbe durata un giorno, una settimana o un mese. Quella ragazza lo faceva sentire ancora come gli era capitato per gran parte della vita: fico e desiderabile.

Per tutto il viaggio lei rise e scherzò con quello strano accento che non era romano e nemmeno del Sud. Un accento duro che strideva con tutto il resto, le mani e i capelli curati, gli abiti firmati, il set di valigie Vuitton.

Dopo tre settimane di bella vita, nella hall dell'hotel *Danieli* a Venezia, lei gli comunicò senza preamboli che aveva finito i soldi e che doveva tornare a casa.

– A casa? Dove?

– A Roma. Mi stanno aspettando.

– Chi?

– La mia famiglia. Sono un po' incazzati con me.

– Ma... vivi ancora con i tuoi?

– Non proprio. La mia famiglia è speciale. Ti va di accompagnarmi?

Renzo aveva mollato tutto per lei, ma tornare a Roma lo inquietava. Alla fine disse di sí, tanto non aveva di meglio da fare.

Sull'autostrada lei evitò di spingere il suo bolide. Forse non aveva fretta di rientrare. Sembrava pensierosa. Come Renzo, del resto, che stava già rimuginando su cosa avrebbe potuto fare ora che gli toccava di nuovo sbarcare il lunario.

All'altezza di Firenze gli disse a bruciapelo che avrebbe voluto presentarlo alla sua famiglia. Renzo ebbe l'impressione di trovarsi su una carrozza dell'Ottocento. Accanto a lui non c'era piú una puledra selvaggia che divorava la vita come la Ferrari divorava l'asfalto, ma una donna all'antica che desiderava presentare un improbabile pretendente ai suoi famigliari. Percepí qualcosa di diverso in lei. Era visibilmente nervosa, preoccupata.

– Prima di rispondermi, – continuò, – c'è una cosa che devi sapere –. Per ottenere tutta la sua attenzione, accostò in una piazzola d'emergenza. – Io non mi chiamo Silvia Cinti. Mi chiamo Melody. Melody Mascherano.

Lí per lí Renzo non fece mente locale. Aveva già sentito quel cognome da qualche parte, forse lo aveva addirittura letto su un giornale. Era talmente scombussolato che non capí cosa lei stesse cercando di dirgli. Si limitò ad annuire, e Melody non andò oltre con le spiegazioni. Aggiunse solo che non sarebbe stato facile.

– Cosa?

– Farti entrare. Farti accettare.

– Non sarà peggio che farmi spezzare le braccia dai buttafuori di una bisca.

Lei non mosse un muscolo, eppure le sue battute di solito la facevano sorridere.

Soltanto quando la Ferrari lasciò il raccordo per inoltrarsi in un quartiere della periferia sudest piuttosto malfamato, Renzo realizzò in quale macroscopico casino si stava andando a ficcare. Mascherano. Ma certo! Aveva letto di loro sul «Messaggero», in cronaca nera.

L'auto si fermò davanti a una villa che gli ricordò le soap opera ambientate in Texas. Nel parcheggio l'automobile meno costosa era una Porsche.

Melody gli disse di aspettare in macchina. Rimasto solo, fu tentato di darsela a gambe, ma la vista dei ceffi di guardia gli fece subito cambiare idea.

Alla quarta sigaretta, Melody si fece finalmente vedere. Aveva pianto e non era piú vestita Versace. Indossava una gonna lunga fino alle caviglie e una specie di maglione zebrato. Incredibile. Era un'altra persona.

– Lo zio Serse ti vuole vedere.

Renzo pensò una cosa sola: «Cazzo!»

Se all'esterno la casa aveva l'aspetto di una villa un po' pacchiana ma non peggiore di tante altre costruzioni abusive di periferia, l'interno era pazzesco. Colonne, stucchi, statue dorate, pavimenti in marmo nero, televisori giganti, divani e specchi verniciati in oro. Venne accolto da un gruppetto di persone che lo squadrarono con diffidenza. Le donne, vestite all'incirca come Melody, erano perlopiú anziane e sciatte. Gli uomini erano massicci, sovrappeso, corrucciati e ricoperti di gioielli d'oro. Lo scortarono alla presenza di un uomo sui settant'anni con gli occhi che sembravano schegge d'ardesia: zio Serse. Indossava una camicia rosa che faceva intravedere in trasparenza una canottiera bianca. Al collo portava una pesante croce d'oro.

Renzo si fermò a debita distanza, come forma di rispetto ma anche di prudenza.

– Te ne vuoi ire? – furono le prime parole di zio Serse, pronunciate con un forte accento.

Renzo avrebbe voluto rispondergli di sí, ma preferí tacere.

Lo zio Serse continuò: – Pecché se te ne vuoi ire, starebbe a significare che non la vuoi bene a Melody.

Renzo si congratulò con sé stesso per essere rimasto in silenzio.

– Io invece la voglio motto bene a Melody. È la luce della vita mia, anche se è nu poco testa matta. Solamente mia nipote poteva attrezzare 'stu circo. Mo', dico io, dentro a 'stu circo tu che mi rappresenti? Sei 'u pagliaccio? Sei l'animalo ammaestrato? Chi cazzo si'?

L'urlo era arrivato all'improvviso, e per lo spavento Renzo si era quasi buttato a terra.

Gli uomini nella stanza continuavano a fissarlo con quegli occhi stretti come fessure.

Renzo pensò che di lí a poco sarebbe morto.

Invece lo zio Serse gli chiese cosa sapesse fare.

– Ho fatto un po' di tutto, – rispose Renzo con un filo di voce. – Il profumiere, il maître, lo chauffeur.

– Se non conoscessi a mia nipote ti classificherei come ricchione, – disse Serse guardandolo con disgusto e abbandonando il gergo dei Mascherano per essere certo che Renzo capisse ogni singola parola. – Ma visto che te la sei intoppata...

«Ecco, ci siamo», si disse Russo.

– Lo sai cos'è l'angelo custode?

Renzo pensò che lo stesse invitando a raccomandare l'anima a qualcuno. E invece, con un tono da uomo d'affari, lo zio Serse gli spiegò che siccome l'azienda di famiglia aveva liquidità da investire, *certe* agenzie di compravendita e *certi* altri commercialisti gli avevano indicato *certi* ristoratori in difficoltà economiche. Spiegò che la crisi era una mano santa, perché bastava presentarsi a questo ristoratore o a quell'altro e offrirgli soldi freschi per sistemare il bilancio. Diventare soci, in sostanza. In genere i ristoratori accettavano, convinti che il loro esercizio avrebbe attirato nuova clientela, ripreso quota. E invece ai Mascherano non gliene fregava un cazzo della buona cucina. Per loro, piú il locale andava in perdita e meglio era, cosí potevano riciclare soldi sporchi in cassa emettendo scontrini falsi.

A Renzo quel meccanismo era ben noto, ma ancora non riusciva a capire perché il capo del clan Mascherano glielo stesse esponendo con tanta chiarezza. Non ci fu bisogno di chiederglielo: la spiegazione arrivò un attimo dopo. L'unica rotella mancante nel meccanismo era l'«angelo custode», e cioè il tizio con la faccia perbene e rassicurante che doveva presentarsi al ristoratore offrendogli aiuto e collaborazione.

Zio Serse indicò gli uomini intorno a lui, bravi a riscuotere crediti ma non a convincere con le buone maniere un futuro socio. Quelli erano fatti per subentrare in un secondo momento, nel caso il proprietario avesse cominciato a fare i capricci.

Paralizzato dalla paura, Renzo capí che Mascherano gli stava offrendo un lavoro, oltre al permesso di continuare a frequentare quella «testa matta» di sua nipote. Senza attendere risposta, lo zio fece aprire una finestra e, afferrato un vaso di porcellana che sembrava di valore, lo scagliò fuori mandandolo in frantumi. Quindi lo invitò a fare lo stesso.

Dopo alcuni secondi di atroce incertezza, Renzo decise di non obbedire e lo zio Serse, con una violenta pacca sulla spalla, gli urlò: – Bravo! A me non me ne freca una ceppa dell'obbedienza. A me me ne freca solo de li sordi. E li sordi so' preziosi, non si buttano via.

E cosí Renzo uscí con i propri piedi dalla sala dei marmi, arruolato e miracolato.

La nuova attività e la relazione con Melody erano andate avanti per mesi. Con lei le cose funzionavano bene, anche se avevano poche occasioni di restare da soli. Il vero problema erano gli altri Mascherano. Le donne lo prendevano in giro, facevano commenti alle sue spalle. Gli uomini lo fissavano con astio, senza rivolgergli la parola se non per le strette incombenze legate agli affari. Ce n'era uno in particolare, un certo Christian, che a quanto aveva capito era uno dei tanti cugini di Melody. Aveva poco piú di vent'anni, portava i capelli rasati sulle tempie e aveva sempre un'ombra scura di barba sulle guance. Non era alto ma aveva un fisico scattante e gambe robuste, messe in evidenza dai jeans attillati. Di solito fissava Renzo con un sorriso di sfida, magari mescolando un mazzo di carte, forse per alludere al suo vizio o per fargli capire che la partita era tra loro due. Se non fosse stato il cugino della sua donna, Renzo avrebbe detto che era geloso.

Un giorno due giovani del clan lo accompagnarono a concludere un affare con il rappresentante legale di un albergo sul litorale romano. Era un incarico di routine e tutto si svolse senza incidenti. Sulla via del ritorno ricevettero una telefonata e fecero una deviazione. Raggiunsero uno stabilimento balneare dalle parti di Lavinio. Sotto il graticcio del parcheggio era in atto un pestaggio: Christian e un altro affiliato si stavano lavorando con mazze da baseball il proprietario, un uomo corpulento dalla chioma fluente, reo di aver chiesto una dilazione sui pagamenti. Le bastonate venivano inferte in modo che l'uomo rimanesse in piedi, oscillando come un orso neutralizzato da un'iniezione di sedativo. Christian girò intorno alla vittima e la colpí da dietro nell'incavo delle cosce. Il gigante crollò sulle ginocchia, la testa ciondoloni. Christian gettò in terra la mazza e sferrò un destro alla mascella dell'uomo, che finí disteso su un fianco e sbatté la testa sulla ghiaia. Renzo, che in tutta la vita non aveva mai malmenato nessuno, nemmeno da ragazzo, fu preso da un conato di vomito. Quando rialzò il capo, incrociò lo sguardo di Christian, che lo fissava con quel suo sorriso provocatorio, e capí che era questione di tempo: alla fine avrebbe pagato l'ardire di essere entrato nel clan al seguito della donna desiderata da quell'energumeno, che non vedeva l'ora di spaccargli le ossa. E il tempo era denaro.

Cosí era successo quello che non doveva succedere.

– Qualunque cosa tu abbia fatto, è a te che avrebbero dovuto tagliare la faccia, e non solo quella.

Sara gli era arrivata alle spalle senza che se ne accorgesse, interrompendo il flusso dei ricordi.

– Lo so. E proprio per questo voglio ringraziarti. So di non meritarmi nulla. Grazie davvero. Soprattutto a te, che nemmeno mi conosci.

– Ma sí che ci conosciamo.

Renzo la guardò con estrema attenzione.

– Mi sa che ti sbagli. In fatto di donne sono molto fisionomista e non mi sembra che...

– E falla finita! – si mise a urlare Sara di punto in bianco. – L'hai capito o no che sono tutte taroccate?

Aveva completamente cambiato voce, spingendosi le orecchie in avanti per farle sembrare a sventola.

– Monica! – esclamò Renzo strabuzzando gli occhi.

Monica era la falsa identità che Sara Safka aveva assunto per infiltrarsi dietro il bancone del bar *Desirè*, un tempo base operativa di una banda di usurai. La frase che gli aveva urlato era la stessa che aveva usato per cercare di dissuaderlo dallo sputtanarsi tutti i soldi alle slot machine. Un gesto generoso e incauto che le era costato molto caro.

– Sei proprio tu?

– Piú o meno, – rispose la donna, rientrando nei panni di Sara Safka.

– Ma chi sei? – le chiese Renzo con una punta di inquietudine.

– Una di cui aver paura, – fu la risposta.

Dopo essere passata in ospedale per avvertire Eva che Renzo era al sicuro a casa di Sara, Ksenia aveva raggiunto Luz in profumeria. Erano entrambe preoccupate per la loro amica e scosse per la situazione di pericolo in cui, loro malgrado, rischiavano ancora una volta di trovarsi.

La siberiana aveva raccontato tutto ciò che aveva saputo da Sara sui Mascherano e si era dilungata sullo stato di grande sofferenza in cui l'aveva trovata.

Mancava un'ora alla chiusura e non si era vista nemmeno una cliente, proprio adesso che avevano estremo bisogno di denaro.

– Maledetto il giorno in cui Eva si è ripresa in casa quel bastardo, – sbottò Ksenia.

Luz sospirò. – È la terza volta nel giro di mezz'ora che lo ripeti.

– Ti dà fastidio?

La colombiana si avvicinò alla compagna con una smorfia corrucciata.

– Che c'è? – chiese la siberiana in tono rude.

Luz l'abbracciò e la baciò delicatamente sulle labbra.

– Smettila, *mi amor*, – sussurrò. – Eva ha bisogno del nostro aiuto per superare questo brutto momento, non di sentirsi ricordare che si è fatta fregare un'altra volta. Renzo è suo marito, l'uomo con cui voleva dividere la vita. Per lei è una tragedia, una delusione terribile.

Ksenia adorava il suo modo di parlare, con la r arrotata e la b pronunciata come una v.

– Sto esagerando? – domandò, ammansita.

– Sí. E stai diventando pesante. Pensa cosa mi toccherà sopportare quando saremo vecchie.

Ksenia le prese una mano e la baciò.

– Hai ragione, ma ho una tale rabbia dentro che ho il bisogno fisico di sfogarmi. Anche quando l'ho accompagnato da Sara ha continuato a fare lo stronzo.

La colombiana sorrise. – Dovevi menarlo per bene in ospedale. Eva ti aveva dato pure il permesso.

Ksenia scoppiò a ridere. – Com'è che ha detto? «Dajene 'n artro».

– Prometti?

– Prometto. Terrò a freno la lingua.

– Non basta. Eva ha bisogno di sapere che sei dalla sua parte.

Qualcuno bussò alla porta: era la signora Cianfroni. Guidava un gruppo di clienti di vecchia data.

– Possiamo entrare? – chiese.

Luz e Ksenia si scambiarono un'occhiata.

– Certo.

– Come sta Eva? – chiese un'altra signora.

– La dimetteranno fra un paio di giorni.

– E allora facciamole trovare gli scaffali vuoti, – sbottò imperiosa la Cianfroni.

Il gruppo fece il suo ingresso, puntando deciso verso i prodotti in saldo.

Ksenia richiuse la porta lentamente. Le cose erano cambiate rispetto a quando era stata costretta a sposare lo strozzino del quartiere. A quei tempi tutti la detestavano. Ma poi la gente aveva capito che era solo una vittima dell'inganno e della sopraffazione. Il coraggio che aveva dimostrato nel ribellarsi era diventato un esempio per tutti, soprattutto per quelle donne che ora dimostravano la loro solidarietà riempiendosi le braccia di profumi e creme, e spostandosi alla cassa.

Con un'occhiata Luz le lanciò una richiesta di aiuto e Ksenia si affrettò a raggiungerla. Quelle signore erano adorabili ma non facili da accontentare.

L'assenza di Eva si faceva già sentire.

Sara si infilò sotto la doccia. Si era svegliata sul divano, intontita e con la bocca impastata. Le lancette del grande orologio alla parete le avevano dato la pessima notizia che la giornata era ancora ben lungi dal terminare.

Si fece scorrere addosso l'acqua calda, poi allungò a fatica la mano verso lo shampoo, ma cambiò idea e si sedette sulla pedana.

Solo il desiderio di una sigaretta la convinse a chiudere il rubinetto e ad asciugarsi. Si abbandonò sullo sgabello davanti allo specchio e, come le capitava spesso in quel periodo, osservò sul viso e sul corpo i progressi dell'autodistruzione.

Ormai stentava a riconoscersi, ma non si compatí nemmeno per un attimo. Non aveva nessuna colpa e niente da rimproverarsi. Il destino le era stato avverso fin da quando era bambina. Accanirsi nella fatica di vivere era fuori luogo; lasciarsi andare giorno per giorno era il finale giusto.

Rinunciò ad asciugarsi con il fon perché il rumore le sarebbe risultato insopportabile. Indossò l'accappatoio rosso fuoco, indecisa tra una birra e un bicchiere di vino. Renzo, invece, le propose un aperitivo.

Lo trovò in cucina intento a versare in una caraffa di cristallo diversi misurini di gin. – Ho pensato che avresti gradito un Negroni.

Sara gli rivolse un sorrisetto ironico. – E come mai?

– Perché è buono e ti riconcilia col mondo già al primo sorso.

– Non è da tutti farlo come si deve.

– Io sono bravissimo.

– E modesto.

– Credimi, sono semplicemente il migliore, – precisò aggiungendo il Campari.

Sara pensò che era proprio quello che desiderava: il lumacone ci sapeva fare. Aveva stile.

Renzo Russo era eccitato. Dopo aver scoperto con grande sorpresa che la padrona di casa era un tipo strano che in passato, per qualche oscuro motivo, aveva recitato la parte di una barista, si era messo a studiarla e alla fine aveva deciso che poteva valer la pena di prenderla per il verso giusto. Conosceva le donne e quella aveva bisogno di un bell'uomo maturo, elegante e gentile che, in cambio di un trattamento economico adeguato, le facesse compagnia mentre si beveva e fumava l'esistenza. Non era piú Monica, la coattella simpatica che lo riforniva di secchielli di monete per le slot machine: era una donna che si stava buttando via nel conforto del lusso.

Ogni mobile, ogni oggetto in quell'attico era stato scelto senza badare al prezzo. Sara doveva essere piena di soldi, ed era perfetta per aiutarlo a superare il momentaccio che stava attraversando. Si trattava di mettere piede nella sua camera da letto e diventare indispensabile. Solo allora la fiducia si sarebbe allargata anche al portafogli.

Di solito avrebbe atteso un po' di piú. Ogni donna richiedeva un adeguato tempo di conoscenza e corteggiamento, ma Sara era un frutto polposo e maturo, pronto per essere colto.

Renzo la osservò mentre portava il bicchiere alle labbra. Sara chiuse gli occhi per il piacere.

– Buono, – disse.

Renzo alzò il suo per brindare all'infelicità che la rendeva cosí fragile. Diede fondo a tutto il suo repertorio, senza mai esagerare con i complimenti e le lusinghe.

Lei beveva e ascoltava senza guardarlo. Ogni tanto ridacchiava. Renzo era sicuro di guadagnare terreno a ogni fesseria che gli usciva di bocca, ignaro che Sara rideva di lui e della sua infinita dabbenaggine. Non aveva capito che la disperazione di Sara era diventata incontenibile dopo che la sua vita era stata travolta dalla furia distruttrice delle menzogne altrui, che ormai fiutava, riconosceva e stanava nel momento stesso in cui venivano pronunciate.

Quell'uomo ridicolo che cercava di farla cadere ai suoi piedi era un principiante in confronto a quelli con cui aveva avuto a che fare. Al solo pensiero, Sara avvertí il desiderio di tirare contro il muro il baccarat vuoto che stringeva nella mano. Invece glielo porse. – Riempilo, – ordinò con voce roca. – E accendimi una sigaretta.

Renzo obbedí. Riempí il bicchiere e mentre lo decorava con una nuova fetta d'arancia pensò che Sara era cotta a puntino. Attese che bevesse il primo sorso, poi con movenze da latin lover si sedette al suo fianco, le tolse di mano il bicchiere e la baciò.

Lei lo lasciò fare fino a quando non sentí la sua lingua farsi largo tra le labbra, poi non riuscí a resistere e scoppiò in una risata irrefrenabile.

«È ubriaca», pensò Renzo. Stette al gioco e rise anche lui, attendendo una nuova occasione che si presentò al Negroni successivo.

Sara si stancò e reagí. Prima di lasciarsi andare, il suo corpo era stato scolpito in palestra, un fascio di muscoli e nervi efficiente e letale. Nonostante l'alcol che aveva ingurgitato, si alzò di scatto e si impadroní del polso dell'uomo, che si ritrovò con la faccia affondata nel tappeto, il braccio piegato dietro la schiena e il ginocchio della donna piantato nella spina dorsale.

– Che fai? Lasciami, mi fai male, – si lamentò.

Sara ansimava per lo sforzo e cercava di recuperare un minimo di lucidità.

– Ti volevi approfittare di una povera donnetta sbronza, vero?

– Ma no, cosa dici?

Gli torse il braccio fino quando lo udí gridare. – Niente bugie con me, – sibilò.

– Sí, sí.

– E poi volevi pigliarti tutto, vero? Me, la casa, i soldi? – chiese aumentando la pressione.

Renzo non aveva mai provato un dolore cosí atroce. Avrebbe confessato qualsiasi cosa, ma fu sufficiente dire la verità.

– Sí, volevo tutto, – gridò esasperato.

Sara lo lasciò andare. – Vattene.

Renzo, che sapeva quando era necessario prostrarsi ai piedi di una donna, esibí il meglio del suo repertorio da uomo pentito e disperato, con l'unico risultato di sentirsi dire: – Se non te ne vai subito, ti faccio male sul serio.

Renzo strinse i pugni. La tentazione di massacrarla era irresistibile. Ma Sara non si scompose.

– Alza un dito e ti spezzo le braccia, – disse con calma glaciale. – Ti avevo avvertito che sono una di cui avere paura.

Renzo non era abituato a essere umiliato da una donna. Si disse che lui era un uomo e che quella cicciona lo aveva colto di sorpresa. Ma mentre valutava la possibilità di darle una lezione, si accorse che lei non aspettava altro. Desiderava che la aggredisse. Glielo lesse negli occhi. E finalmente ebbe paura.

Arretrò fino a che non fu al sicuro, raccolse le poche cose con le quali era arrivato e qualche ninnolo d'argento sgraffignato all'ultimo momento, e se ne andò chiudendo piano la porta.

Sara si spostò in cucina e riempí un bicchiere d'acqua in cui immerse un paio di pastiglie di digestivo effervescente. Mentre si scioglievano, chiamò Ksenia.

La siberiana stava giocando con Lourdes, la figlia di Luz. Piú esattamente, cercava di ricucire il vestitino di una bambola che si era strappato.

La colombiana, che stava cucinando il *sancocho de gallina*, specialità del suo paese che piaceva tanto alle donne della sua vita, le portò il cellulare. – È Sara, – annunciò. E imitò il gesto di bere per farle capire che era ubriaca.

– Cos'è successo? – chiese Ksenia.

– L'ho cacciato, – rispose Sara. – Pensava che fossi una pronta da fottere e derubare e l'ho messo alla porta.

– Non posso credere che sia stato cosí stupido.

– È irrecuperabile.

– Ti chiedo scusa per avertelo portato in casa.

– Ormai è successo, – disse Sara.

– Vuoi che venga da te?

– No. Preferisco restare sola, – rispose prima di riattaccare.

Ksenia comprese solo allora che Renzo non aveva piú un luogo sicuro dove nascondersi, e che era necessario avvertire Eva.

– Allora, che ti ha detto? – la incalzò Luz preoccupata.

– Renzo ci ha provato e Sara lo ha mandato via.
– E adesso cosa succede?
– Non lo so, Luz. Vado in ospedale a dare la notizia a Eva.

Era l'ultima sera che Eva D'Angelo trascorreva in ospedale. Avrebbe dovuto tenere la medicazione sulla guancia ancora qualche giorno, poi la cicatrice si sarebbe notata appena.

– E comunque basta un po' di fard, inutile che venga a dirlo proprio a lei, che è una professionista del ramo, – aveva detto il chirurgo.

Lei non era del tutto convinta. Ogni volta che passava la lingua all'interno della guancia, la sutura le sembrava un rammendo mal fatto. Ma ora c'era un'altra priorità: aiutare Renzo a fuggire e chiudere per sempre con lui.

Si domandò se avesse le forze per ricominciare una nuova vita, e quando vide Ksenia entrare con un'espressione preoccupata nella stanza, pensò che probabilmente non ce l'avrebbe fatta.

– Renzo? – chiese quasi senza fiato.

La siberiana annuí, si sedette sul letto e le prese una mano.

– Non so esattamente cosa sia successo, ma pare che abbia fatto il cretino con Sara e che lei lo abbia cacciato di casa.

Eva rimase impietrita per qualche istante. – E adesso dov'è?

– Non lo so.

Prese il cellulare dal comodino. Suo marito rispose al primo squillo. Eva si girò verso Ksenia. – Mi lasci sola, per favore? – chiese con la voce incrinata.

L'amica si alzò. – Ma certo. Torno a casa, chiamami quando vuoi.

Eva attese che Ksenia richiudesse la porta. – Perché mi fai sempre vergognare?

– Non ho fatto niente, quell'ubriacona si è inventata tutto.

Mentiva. Era inutile insistere. Cambiò discorso. – Dove sei?

– In giro, – disse Renzo dopo un attimo di esitazione, e lei capí che era tornato a casa.

– Renzo, non c'è piú niente da rubare.

– Ho solo bisogno di un posto dove nascondermi.

– Domani torno e non ti voglio trovare.

– E i soldi che mi dovevi dare per fuggire all'estero?

– Ho cambiato idea. Ho deciso che ripagherò io il tuo debito con i Mascherano. È l'ultima cosa che faccio per te.

Renzo si mise a ridere nervosamente.

– E che fai? Vai da Serse Mascherano e gli firmi un assegno?

– No. Vado da Melody. I soldi li dò a lei, dopo averle spiegato che ti può riprendere perché io non ti voglio piú vedere.

– E quella ti tira un'altra rasoiata, – gridò Renzo. – Dài a me i soldi, penserò io a restituirli.

– Cosí farebbe un uomo con un minimo di dignità, ma tu non resisteresti un minuto alla tentazione di sputtanarteli al gioco.

– Eva?

– Sí?

– Ti prego, non so dove andare, cosa fare.

– Chiedi aiuto al commissario Mattioli, ti sta cercando, – disse Eva prima di interrompere la telefonata.

Infilò il cellulare nella borsetta e premette il pulsante per chiamare il personale. Dopo un paio di minuti entrò un'infermiera simpatica che faceva sempre il turno di notte.

– Mi dài qualcosa per dormire? Qualcosa di forte però, cosí mi risveglio domani mattina e magari nun me ricordo piú gnente.

– Ti fa male la ferita?

– No. Mi' marito è 'n omo de merda.

L'infermiera annuí. – Ho delle gocce che fanno al caso tuo. Ora te le porto.

L'indomani mattina, dopo l'ultima visita durante la quale il chirurgo plastico le consigliò una serie di piccoli e inutili ritocchi per ringiovanirsi, Eva preparò la borsa. Attese a lungo la lettera di dimissione ma la cosa non le diede fastidio. Aveva bisogno di pensare. L'idea di affrontare Melody Mascherano le era uscita di bocca per disperazione. Non l'aveva mai presa seriamente in esame, e Renzo aveva ragione a metterla in guardia. Solo che, a dispetto della paura crescente, piú ci pensava e piú si convinceva che era l'unica cosa ragionevole e dignitosa da fare.

Eva D'Angelo aveva sempre affrontato qualsiasi situazione con la tranquillità delle persone perbene, sino a quando Renzo non l'aveva data in pasto a usurai e gentaglia di quel genere. Ne era uscita a fatica ma a testa alta e ora, nel disastro totale in cui si sentiva affogare, voleva a tutti i costi mettere la parola fine in maniera chiara e onesta. Anche a costo di affrontare la pazza col rasoio.

Avvertí Ksenia che avrebbe preso un taxi e si fece portare da *Vanità*. Doveva parlare con le sue socie.

– Bentornata, – l'accolse Luz abbracciandola.

Ksenia, alle prese con una confezione regalo, le rivolse un sorriso affettuoso.

Eva aspirò il profumo del suo negozio. Lungo il tragitto dall'ospedale era stata assalita dalla certezza di non poter sopportare mai piú il ricordo di Melody Mascherano che la sfregiava. Appoggiò la borsa e dopo aver salutato una cliente andò nel retro, dritta in bagno, per osservarsi con attenzione. Si riconobbe e si sentí confortata.

Poi si sedette sulla poltroncina del piccolo ufficio ricavato nella stanza che fungeva da magazzino. Si era preparata un discorso, ma ora le parole che aveva messo in fila si ammassavano in un groviglio confuso, che le pesava sullo stomaco.

Le due socie la raggiunsero e si sedettero vicino a lei.

– Chiusura temporanea, – annunciò Ksenia. – Vuoi che ti ordini un caffè?

Eva scosse la testa. – Vi devo parlare.

La colombiana le fece un gesto di incoraggiamento.

– So che non sarete d'accordo perché mi volete bene. Ci sono cose che sembrano stupide, o pazzesche, ma sono le uniche che hanno un senso, – disse Eva d'un fiato. – Continuare a coprire e aiutare Renzo è stato un errore, ma ora sento il bisogno di chiudere questa storia penosa andando da Melody Mascherano a dirle che ha ragione, che Renzo è suo. E per evitare fraintendimenti, voglio restituire il denaro rubato da mio marito.

Luz balzò in piedi. – Ma è un suicidio! – esclamò esterrefatta. Poi si rivolse a Ksenia. – Diglielo anche tu.

– Eva ha ragione, – ribatté la siberiana, sorprendendo la sua compagna, – è una faccenda tra lei e quella Melody. Renzo è cosí inaffidabile che non conta piú nulla.

La colombiana non era d'accordo. – Tu non devi niente a quella donna. Né spiegazioni né soldi.

Ksenia le mise una mano sulla spalla. – Eva vuole fare le cose per bene. Ora e per sempre. Giusto?

Eva annuí riconoscente. – Sí. Io non sono come loro e voglio chiudere la faccenda a modo mio.

– Ora ho capito, – disse Luz. – Conta pure su di noi.

– Vi chiedo solo di poter attingere al fondo della profumeria.

– Prendi pure quello che ti serve. Però, e l'ho detto anche a Renzo, questa è veramente l'ultima volta, – concluse Ksenia.

– Sí, lo so.

– E mi raccomando, stai molto attenta con quei delinquenti.

– Non ti preoccupare. In fondo, vado a restituire dei soldi.

Eva fece una passeggiata fino a casa. Diverse persone la fermarono, e nonostante la simpatia e l'affetto che le dimostravano, quella sequela d'incontri le risultò penosa. D'altronde prima o poi avrebbe dovuto affrontare la gente del quartiere, ed era meglio che la notizia del suo ritorno si spargesse in fretta.

Aprí la porta di casa con la morte nel cuore. Era deserta e in disordine. Renzo aveva rovistato in cerca delle ultime cose da vendere. Doveva proprio essere disperato. Passò da una stanza all'altra osservando i particolari di una vita insieme e, seduta sul bordo del letto, decise che avrebbe messo in vendita l'appartamento. Una nuova casa, dalla parte opposta del quartiere, le avrebbe reso la solitudine piú sopportabile. Restare lí era impossibile. Tutto le ricordava Renzo. Il bell'uomo che un tempo la faceva tanto ridere.

Due

Ultima fermata, Anagnina. Eva aveva optato per la metropolitana perché non era in grado di guidare. Era troppo agitata per la decisione che aveva preso, e impaurita dalle parole che Renzo le aveva urlato al telefono: «Quella ti tira un'altra rasoiata».

Oltretutto non era mai stata nella periferia a sudest della città. Appena riemerse in strada fu investita da violenti scrosci di pioggia. Non aveva certo pensato a portare un ombrello. Si coprí la testa con il cappuccio del piumino cercando di proteggere dall'acqua il cerotto che il chirurgo le aveva applicato sulla ferita. Dal suo telefonino partí una scarica di trilli che le segnalavano otto nuovi messaggi, tutti registrati lungo il tragitto sotterraneo, dove non c'era campo. Era Renzo che continuava a supplicarla di non andare, a dirle che avrebbero trovato un altro modo, che i Mascherano erano gente pericolosa, che stavolta le avrebbero tagliato la gola.

– Uomo senza palle, – si lasciò sfuggire Eva ad alta voce, facendo girare una vecchietta che annuí solidale.

Prima di uscire di casa aveva consultato lo stradario e si era fatta l'idea che il percorso dalla stazione della metropolitana al quartiere che faceva da base operativa dei Mascherano fosse abbastanza breve, ma dopo dieci minuti di cammino capí di aver sbagliato i calcoli. La pioggia stava aumentando d'intensità e le gocce battevano sulla ferita come fastidiose ditate. Si rifugiò sotto la pensilina di una fermata degli autobus e chiamò un taxi, che arrivò dopo quattro o cinque minuti.

Appena forní l'indirizzo, il tassista accostò e si girò a guardarla.

– Spiacente, ma devo farla scendere. Io là dentro non ci vado.

Eva sospirò. – Almeno mi porti il piú vicino possibile.

Bofonchiando e imprecando a mezza voce l'uomo ripartí. Guidò per due o tre minuti su un ampio rettilineo, poi si fermò a un semaforo.

– È lí dentro, – disse allungando la mano. – Fanno venti euro.

Era piú del doppio di quanto indicasse il tassametro, ma Eva non si perse in discussioni. Quell'uomo era piú agitato di lei.

Quando scese, il taxi partí a razzo sollevando schizzi d'acqua dalle pozzanghere.

Eva contemplò il comprensorio sul lato opposto della strada. Aveva l'aspetto di un tranquillo borgo suburbano fatto di villette e case basse, alcune con tetti spioventi di tegole rosse. A dispetto dell'acquazzone, c'erano degli uomini di vedetta. Eva ebbe l'impressione che guardassero verso di lei. Scossa da brividi di freddo e con il cuore che stava ingaggiando una gara di velocità con le gocce di pioggia, si sistemò la tracolla della borsa e attraversò per imboccare una stradina che tagliava in due il borgo.

Alzò lo sguardo e notò un uomo su un tetto che, camminando parallelamente a lei, lanciò un fischio simile a quello dei pastori. Da una traversa che Eva aveva superato sbucò un'auto scura, che la scortò fino a una villetta con le finestre al pianoterra protette da robuste grate di ferro. Eva scorse un paio di videocamere che evidentemente consentivano di controllare dall'interno quell'angolo di strada. Una donna corpulenta sui trent'anni, infagottata in un piumino rosa, sostava davanti a una finestra. L'auto che aveva affiancato Eva proseguí a passo lento, per poi scomparire alla prima svolta. La donna fece segno a Eva di avvicinarsi.

– Quanta?

Eva rimase interdetta.

– Oh, non ho tempo da perdere. Quanta ne vuoi?

– Di cosa? – rispose Eva, rendendosi conto di non essersi preparata.

– Anvedi questa... A' bella, lo sanno tutti cosa vendiamo qua.

– Non sono qui per questo. Devo parlare con Melody Mascherano. È importante.

Dall'interno della casa sentí provenire una squillante voce femminile che urlò qualcosa in un dialetto incomprensibile. Eva la riconobbe con un brivido di paura. Apparteneva a una delle donne che l'avevano aggredita.

La spacciatrice dal piumino rosa aguzzò gli occhi e disse: – Tu sei quella dei giardinetti, la mugliera dell'infame.

– Sí, – ammise Eva. – Devo solo consegnare dei soldi. Non ho nessuna intenzione di piantare casini.

– E te credo, – rispose l'altra, che spostò Eva con una leggera spinta e cacciò la testa nella grata della finestra per confabulare con la comare che stava dentro.

Finalmente, dopo un lungo conciliabolo, tornò a girarsi verso Eva e le ficcò una mano dentro la borsa, dove trovò la busta con il denaro.

– Quanti sono? – chiese contandoli sommariamente.

– Ventimila euro.

La spacciatrice accennò un sorriso sdentato. – Va bene, – disse, – glieli posso dare io.

Eva le strinse forte il braccio. – Devo consegnarglieli personalmente.

La donna scoppiò a ridere: – Stavo scherzando –. Poi aggiunse, con un tono che non ammetteva repliche: – Però qualcosa devi comprare.

– Quant'è la dose minima? – domandò Eva riprendendosi la busta.

– Un grammo. Quaranta euro. Co' 'sta pioggia facciamo prezzi stracciati.

Eva annuí mettendo mano al portafogli.

La spacciatrice si guardò intorno. – Aspetta. Fatti il giro dell'isolato e poi torna qua.

Mentre si allontanava, Eva sentí la donna all'esterno che comunicava la «comanda» alla complice dietro la grata.

Completato il giro, si ripresentò a ritirare la merce. Effettuato lo scambio, la spacciatrice le aprí la lampo del piumino e la perquisí. – È a posto, – urlò all'indirizzo della grata. Poi si portò due dita alla bocca e lanciò un fischio acuto e prolungato.

Un attimo dopo si sentí il ruggito di un motore e comparve una macchina che si fermò accanto a Eva, slittando sull'asfalto bagnato.

– Vai con lui, – disse la donna, aprendole lo sportello posteriore.

L'uomo alla guida era attaccato a un telefonino. Evidentemente stava ricevendo istruzioni. Senza degnare Eva di uno sguardo, uscí a razzo da un dedalo di stradine e imboccò una traversa costeggiata da ville protette da palizzate e recinzioni. Con un'improvvisa sterzata inchiodò davanti a un cancello in ferro battuto, sorvegliato da due tipi in giubbotto di pelle che si proteggevano dalla pioggia con gli ombrelli.

– Scendi, – ordinò l'autista.

Fu scortata da uno dei due guardiani attraverso una serie di cancelli che mettevano in comunicazione ampi giardini con piscine e campi da tennis inzuppati di pioggia. Giunsero davanti all'ingresso secondario della villa padronale, dove erano parcheggiate due Ferrari, una Porsche e due Audi.

– Aspetta qui, – ordinò il guardiano prima di entrare in casa.

Eva rimase immobile ad aspettare, con la pioggia che ormai le era scivolata fin nelle mutande. Il cerotto bagnato premeva in modo insopportabile sulla ferita. Alzò gli occhi e la vide. Melody la stava osservando da una finestra al primo piano, senza farle il minimo cenno. La costrinse a rimanere sotto la pioggia per quasi mezz'ora. Poi sparí, e un minuto dopo la porta si aprí e qualcuno le fece segno di avvicinarsi.

Eva era talmente zuppa che a stento riusciva a muoversi. Una volta dentro, una donna le porse degli abiti asciutti indicandole un bagno. Furibonda, Eva indossò un'orribile maxigonna colorata che faceva a cazzotti con un maglione dalla fantasia floreale, e abbandonò sul pavimento la sua roba fradicia. Con mano tremante si strappò il cerotto dalla guancia.

La ferita pulsava ma i punti sembravano a posto. Maledisse Renzo e giurò a sé stessa che non avrebbe accettato ulteriori umiliazioni da quella troia. Non fece nemmeno caso ai rubinetti d'oro, alla Jacuzzi grande come una piscina e alle statue di malachite. Spalancò la porta e seguí con aria decisa la donna, che la guidò in un salone dove campeggiava un gigantesco camino acceso. Melody era seduta su un divano stile impero, come una reginetta del cazzo. Eva restò in piedi, fissandola con odio. La ragazza le fece cenno di sedersi su una poltrona di fronte a lei, estrasse dalla manica del maglione il rasoio con cui l'aveva sfregiata e lo poggiò sul bracciolo del divano. Eva finse di non vederlo.

– Ti hanno ricucita bene, – esordí Melody con un sorriso provocatorio.

Eva ne ebbe abbastanza. Sfilò dalla borsa la busta con il denaro e la gettò ai piedi della rivale.

– Sono i soldi che Renzo ha rubato. Dopodiché direi che ho chiuso con te, con la tua famiglia e con quella merda del mio ex marito. Non voglio piú vedere nessuno di voi.

Fece per alzarsi, ma Melody le chiese a bruciapelo: – Lo ami ancora, vero?

– Vaffanculo.

– Sí, certo. Però ci sei venuta, qui. E ti sei fatta umiliare per lui.

– Lo avrei fatto anche per il mio cane.

– Ma l'hai fatto per tuo marito.

– Sai che ti dico? Non conta se io, tu o qualunque altra cretina lo ama. Conta solo quanti soldi può scialacquare.

– Ti sbagli. Io non ho niente.

– E allora rassegnati, è per questo che ti ha mollata. In ogni caso, riprenditi pure quello stronzo e facci una dozzina di figli. Non me ne frega piú niente, è tuo.

– Voi perché non ne avete avuti?

– Cosa?

– Figli.

– Ma vaffanculo.

– A me piacerebbe fare un figlio con lui.

– Da crescere in 'sto posto allucinante? Vi faccio i miei auguri.

– Purtroppo non posso. Mi hanno proibito di vederlo.

– Eh, no, bella! Prima mi tagli la faccia con quel cazzo di rasoio perché l'uomo è tuo, e quando vengo qua con i soldi perché faccia pace con la tua famiglia, tu mi vieni a dire che non te lo lasciano vedere?

Il piglio arrogante e aggressivo di Melody si trasformò in una maschera di tristezza. Per un istante Eva colse un dolore profondo, un'infinita rassegnazione nel suo sguardo.

– Sei andata troppo in là per fare la ragazzina capricciosa, – aggiunse Eva. – Adesso non puoi tirarti indietro.

Melody abbassò lo sguardo.

– Non c'è speranza che cambino idea? – chiese Eva.

– Ci proverò, ma non è facile.

– Una gran fatica per un uomo che non vale un cazzo. Nessuno meglio di me lo può sapere.

– Però lo stai salvando.

– Volevo solo fare le cose per bene, come devono essere fatte, – ribatté Eva in tono duro. – Non potevo immaginare che tu fossi soltanto una ragazzetta dal coltello facile. Anche tu non vali un granché.

Melody fece sparire il rasoio nella manica. – Forse l'ho usato contro la persona sbagliata.

– Vaffanculo. Di cuore.

La ragazza incassò con un sorriso tirato. – Ora è meglio se vai. Penserò io a consegnare i soldi allo zio Serse. Lo convincerò a lasciare in pace Renzo. Digli di stare tranquillo.

– Diglielo tu.

– Te l'ho spiegato, non posso. Stargli lontano è l'unico modo che mi resta per proteggerlo.

– Fatti vostri. E ora ridammi i vestiti.

Non aveva smesso di piovere. Eva aveva sempre odiato quella pioggia fatta di gocce pesanti, perché faceva diventare scure le facciate dei palazzi e Roma sembrava una città triste e malata.

Si allontanò a testa alta da quel dedalo di viuzze e dai suoi guardiani. La ferita le doleva e la pelle del viso bruciava, ma il vero incendio le divampava nel petto, alimentato dalla delusione per non essere riuscita a chiudere del tutto la faccenda.

I soldi salvavano Renzo dalla vendetta del clan Maschera-no, ma il prezzo che aveva pagato suo malgrado con quello sfregio non era servito a nulla. E suo marito rimaneva una mina vagante pronta a distruggere tutto ciò che incontrava. Si ripromise di andare da un avvocato per la separazione. Ormai doveva proteggersi in tutte le maniere, pur di escluderlo dalla sua vita.

Però, che rabbia. E che posto di merda. Si fermò un attimo per guardare un'altra volta le vedette, e quando si voltò per riprendere il cammino si trovò di fronte il commissario Mattioli, che era sceso da una macchina in sosta.

– Venga, signora D'Angelo, – disse Mattioli a voce bassa. – L'accompagno a casa.

Eva realizzò solo in quel momento il pericolo corso, quanto avventata fosse stata, e scoppiò in un pianto dirotto. Il poliziotto l'aiutò a salire, poi mise in moto e fece inversione.

– Sono contento di vederla tutta intera, ero molto preoccupato, – disse quando Eva si fu calmata.

– Come sapeva che ero qui?

– Mi hanno avvertito i colleghi dell'anticrimine che tengono d'occhio i Mascherano. Come me, del resto, sono curiosi di sapere cosa è andata a fare, dato che non è una cliente abituale degli spacciatori, tantomeno di questa zona.

Lei sospirò. – Se le racconto la verità posso contare sulla sua discrezione?

Mattioli si passò una mano sul viso. – Sono un commissario di polizia, ho dei doveri ma anche un margine d'azione che mi deriva dal grado e dall'anzianità.

– Che significa?

– Che si deve fidare.

– Sono andata a restituire i ventimila euro che Renzo ha rubato ai Mascherano.

– A chi li ha consegnati?

– A Melody, – rispose Eva, passandosi un dito sulla ferita.

– È stata lei a ferirla, vero?

– Sí.

– E suo marito ora non dovrebbe piú avere problemi.

– Cosí ha detto «quella».

Mattioli guidava in silenzio, con la faccia scura, e lei si spaventò.

– Non vorrà portarmi in questura, vero?

Il commissario scosse la testa. – Non ce ne sarà bisogno, se lei mi giura che non farà mai piú stupidaggini del genere.

– Stia tranquillo, mi è bastata quella di oggi.

– Non fatico a crederle. Ora le chiedo un piccolo sforzo di memoria: dovrebbe raccontarmi nei dettagli come l'hanno fatta entrare, quante persone ha incontrato, se c'erano cancelli, cani...

Eva credeva di non ricordare nulla, poi le immagini affiorarono a una a una nella memoria.

– Le sono stata utile? – chiese alla fine.

– Non sa quanto, signora.

Mattioli era sempre gentile, mai una parola fuori posto. Le sembrò naturale confidarsi.

– Ho deciso di separarmi, – disse all'improvviso.

Il commissario si girò a guardarla.

– Vorrei dirle che mi dispiace, di solito si usa cosí, – attaccò in tono imbarazzato. – Ma di uomini come Renzo Russo in questi anni ne ho visti tanti. Non si raddrizzano piú e rovinano la vita ai famigliari. Lei merita di meglio, Eva.

«Un uomo come te», pensò lei, prima di rendersi conto che l'aveva chiamata per nome.

Da quando era bambina, Melody scappava. Fuggire era la cosa che sapeva fare meglio, oltre a suonare l'accordéon. Ora attendeva il ritorno dello zio Serse e tentava di dominare l'ansia concentrandosi sull'esecuzione di un brano particolarmente ostico di Robert Santiago.

Nella grande villa aveva un appartamento tutto per sé. Era un privilegio che Serse le aveva accordato, insieme ad altri favoritismi. Allo zio piaceva il suo spirito ribelle, diceva che era l'ultima in famiglia a possedere ancora l'istinto nomade che i Mascherano avevano ormai perduto, da quando si erano stabiliti a Roma. Il vecchio l'adorava e la difendeva dall'invidia delle altre donne del clan. Questa predilezione nasceva forse dal fatto che il padre e la madre di Melody erano in carcere da otto anni. La madre, Anselma, per spaccio di cocaina. Il padre, Cipriano, per aggressione aggravata ai danni di un marmista che aveva osato chiedergli i soldi che gli spettavano. Lo aveva quasi ammazzato, colpendolo ripetutamente con un blocchetto di marmo. Appena scontata la pena, sua madre si era fatta beccare di nuovo nel tentativo di corrompere il giudice per far ottenere gli arresti domiciliari al marito. Melody si era sempre chiesta se fosse veramente figlia di suo padre. Non gli somigliava affatto, era l'unica bionda naturale in mezzo a un branco di uomini e donne dai capelli corvini. Odiava le donne Mascherano. Quel modo di urlare quando c'era un problema in famiglia, quegli svenimenti da teatrino ogni volta che volevano ottenere qualcosa dai loro uomini.

Quando si ritirava nel suo appartamento si liberava degli abiti imposti dalla famiglia, quelle gonne lunghe fino ai piedi che mortificavano la sua bellezza. Adorava indossare vertiginose minigonne con stivali alti fin sopra il ginocchio.

Le dita di Melody danzavano sui tasti dell'accordéon senza riuscire a scacciare l'inquietudine. Sapeva che stavolta non sarebbe stato facile e che con lo zio avrebbe dovuto usare gli argomenti e l'atteggiamento giusto.

Se suonare non era sufficiente, Melody sentiva un bisogno incontenibile di toccarsi. Posò l'accordéon sul letto e cominciò ad accarezzarsi l'interno delle cosce. Dacché Renzo se n'era andato non aveva piú fatto l'amore, e questo la rendeva ancora piú nervosa e irrequieta. Sollevò la minigonna e infilò una mano nelle mutandine. Era già bagnata. Si distese sul letto e chiuse gli occhi immaginando di spingere la Ferrari a una velocità pazzesca, seduta alla guida, nuda, accarezzando la cloche mentre gli alberi ai lati del rettilineo le venivano incontro come macchie sfocate. Stava per raggiungere l'orgasmo quando, nella sua fantasia, si girò verso Renzo, che era accanto a lei, e ne vide il volto terrorizzato. L'eccitazione svaní di colpo mentre il rombo della Ferrari California dello zio Serse la riportava alla realtà e al difficile compito che l'attendeva.

Se non le fosse importato niente di Renzo sarebbe scappata con i ventimila euro e l'auto dello zio. I soldi le sarebbero bastati per un paio di mesi. Ma Renzo le mancava e non voleva che qualcuno della sua famiglia rovinasse quel bel viso. Renzo aveva un naso bellissimo, dritto, perfetto e liscio. Come il suo pisello.

Consapevole di non poter fuggire in eterno dalla sua famiglia, Melody aveva cercato di portarsi dal mondo esterno qualcosa di diverso, tutto per sé: Renzo. Ma era stata un'illusione. Nessuno che non fosse un Mascherano poteva vivere con i Mascherano. Quella volta a Venezia avrebbe dovuto lasciarlo andare per la sua strada e tornare a casa da sola, come aveva sempre fatto dopo ogni fuga. Ma Renzo era una testa matta come lei, diverso da tutti i mezzi delinquenti che aveva rimorchiato durante le sue fughe impossibili.

L'angoscia le morse la gola. Si sentiva prigioniera di un destino ingiusto a cui, fin da adolescente, aveva inutilmente cercato di sottrarsi.

Sapeva che prima o poi avrebbe dovuto occuparsi dello spaccio di cocaina. Starsene dietro una finestra con le grate a confezionare dosi, tenere acceso il camino anche in estate per bruciare la droga nel caso di una retata della polizia. Sposare un cugino di secondo o terzo grado, dargli dei figli. Essere pronta a farsi qualche anno in galera, da dove sarebbe uscita ancora piú indurita, come doveva essere una Mascherano.

A Eva D'Angelo non l'avrebbe mai detto, ma l'idea dell'agguato nei giardinetti non era stata sua. Lei avrebbe voluto regolare i conti da sola, a tu per tu con la rivale, in un duello rusticano come quelli di una volta. Ma la moglie di zio Serse, Esmeralda, aveva intuito le sue intenzioni e si era presentata con il suo codazzo di iene per dare a Melody un segnale di appartenenza: tutto ciò che succedeva a una Mascherano riguardava l'intero clan.

Tornò a indossare la divisa imposta dalla famiglia, quella che lei chiamava «mascheranata», e scese le scale per affrontare zio Serse.

Serse Mascherano era seduto davanti al grande camino del salone, il posto preferito nei momenti in cui aveva bisogno di riflettere. Al centro dei suoi pensieri c'erano Melody e quella specie di damerino che si era portata appresso. La sua predilezione per la ragazza non nasceva da uno stretto legame di parentela. Serse non era affatto suo zio. Era il cugino di suo nonno. Come tutti all'interno del clan, Melody lo chiamava zio per una forma di reverente rispetto. Zio era qualcosa di piú di capo o boss, era l'appellativo che meglio rispecchiava il suo modo di esercitare il comando all'interno di quel complesso intreccio di legami e parentele che costituiva il clan Mascherano. Serse era lo zio di tutti. E la valenza affettiva del nomignolo rendeva ancor piú insindacabile l'esercizio del suo potere e meno impersonale la gestione degli affari e l'amministrazione della giustizia. Da vent'anni era lo zio Serse perché non aveva mai commesso errori di valutazione: conosceva gli uomini e le donne al suo comando, uno per uno, fin da quando erano nati. Uno zio è meno coinvolto e offuscato dall'affetto rispetto a un padre, ma è meno distaccato di un semplice capo. Aveva il dovere di trattare tutti allo stesso modo, con uguale considerazione. Per questo non poteva piú concedersi favoritismi. Porre fine ai capricci di Melody era diventato necessario, specie dopo quello che era accaduto. Una cosa gravissima che andava subito punita. Altrimenti, Serse Mascherano avrebbe cessato di essere lo zio di tutti.

Appena entrò nel salone, Melody capí che il vecchio era nervoso da come si ravviava continuamente i capelli sulle tempie.

Il capoclan non diede segno di essersi accorto di lei e seguitò a fissare il fuoco nel camino. Il rosso delle fiamme dava al suo volto rugoso un riverbero luciferino.

La ragazza sapeva che l'aveva vista entrare e rimase in piedi, a cinque o sei passi di distanza, nel dovuto atteggiamento di rispetto. L'esperienza le suggerí di non interrompere i pensieri dello zio.

Senza girarsi a guardarla, l'uomo le fece cenno di avvicinarsi.

– Vuoi che ti porto qualcosa? Hai mangiato? – chiese Melody in tono affettuoso.

Lo zio non rispose.

– Posso parlare?

Finalmente Serse si girò a guardarla. Melody lo interpretò come un cenno di assenso.

– Ti giuro che non scappo piú. Farò quello che vuoi. Andrò a trovare mamma e papà. Mi metto la gonna lunga. Non mi vado a cercare piú nessuno fuori dalla famiglia. Ma ti prego, non fare del male a Renzo.

Serse la fulminò con un'occhiata.

– Guarda, – insistette Melody con il coraggio che le era rimasto. – Ha restituito i soldi.

Lo zio non degnò di uno sguardo la busta che la ragazza gli stava porgendo.

– Lo sai pecché non è venuto lui? Perché è nu fifone, nu cacasotto.

– Sí, hai ragione. È stato un capriccio di cui mi sono già pentita. Però, in fondo, restituendo i soldi non ha fatto grossi danni, no? Tu lo dici sempre che non te ne frega niente di tutte quelle cose: l'onore, il rispetto. Tu dici sempre che solo una cosa conta, i soldi. Embe', eccoli qua. Prendili e mettici una pietra sopra, ti va? Fallo per la tua nipote preferita.

– E che cazzo ci devo fare co' 'sta merda? – urlò Serse, gettando i soldi nel fuoco.

– No, che fai? – urlò a sua volta Melody, sbalordita da quella reazione. – Sono i soldi che ha rubato.

– Ma che vai dicendo, scimunita!

– Ma perché, che altro ha fatto?

– Vuoi sapere che ha fatto quell'uomo di merda? Lo vuoi sapere? – la incalzò lo zio. – Christian! – ruggí il vecchio con la sua voce cavernosa, che rimbombò nel salone. Era scattato in piedi con insospettabile agilità, facendo ribaltare la sedia su cui era seduto.

Un'eco di passi leggeri annunciò l'ingresso del giovane che tanto aveva spaventato Renzo Russo.

– Diccelo tu a questa sciagurata.

Il giovane si rivolse direttamente a Melody: – Io e Victor stavamo spostando l'incasso dello spaccio al ristorante nuovo, quello di Porta Furba. Mentre scendevamo, tre bastardi con i passamontagna e le pistole si sono messi di mezzo per fotterci i soldi. Abbiamo tirato fuori i ferri anche noi e abbiamo salvato il denaro, però a Victor l'hanno preso in pieno petto.

Melody si portò le mani alla bocca. – Non ne sapevo nulla. Avevo sentito dire che era partito per la Francia.

– Cosí abbiamo fatto credere per non avere gli sbirri addosso, – rispose lo zio. – E l'abbiamo dovuto seppellire di notte, di nascosto. Sua madre, suo padre e le sorelle sono inconsolabili per questo insulto.

– Ma Renzo che c'entra? – chiese Melody.

Il vecchio fece un cenno al ragazzo, che rispose in sua vece: – Era l'unico a sapere l'ora e il posto del trasferimento, oltre a me e a Victor.

– Renzo?

– Non può essere stato che lui, a venderci.

– Quell'infame un uomo morto è, – sentenziò zio Serse. – Quanto a te, è l'ultima puttanata che fai. Da oggi te ne resti chiusa in casa. E non pensare di fuire un'altra volta, altrimenti metto al bando tuo padre e tua madre. E tu sai che significa. Senza l'aiuto mio ci durano poco, al gabbio.

Melody guardò Christian in cerca di aiuto, ma riconobbe nei suoi occhi lo sguardo del lupo che assapora la preda. Capí che zio Serse l'aveva destinata proprio a lui.

Renzo Russo si stava accanendo su una slot machine a cinque rulli, consapevole che questa volta non l'avrebbe salvato nemmeno un miracolo. Perso per perso, si era detto, tanto valeva giocarsi alla morte tutto quello che gli era rimasto: settantacinque euro ottenuti dalla vendita di quel po' di argento che aveva sottratto a casa dell'indemoniata.

UNO - DUE - TRE - QUATTRO - CINQUE. Infilava le monete compulsivamente, senza nemmeno aspettare che si completasse la combinazione dei cinque rulli. Era piú veloce della macchina perché inseguiva pensieri che erano piú rapidi di ogni altra cosa. Eva, Melody, Ksenia, Luz, Sara. UNO - DUE - TRE - QUATTRO - CINQUE. Le cinque donne che aveva tradito nella fiducia, nei sentimenti. Ce n'erano state altre, naturalmente. Ma quelle erano le piú importanti, il suo jackpot mancato. I loro volti si sovrapponevano alle figurine luminose che ruotavano a scatti nelle finestrelle della slot machine. UNO - DUE - TRE - QUATTRO - CINQUE. Mai uguali, sempre diverse. Era a questo ritmo che si era sputtanato la vita. Al ritmo di una macchina mangiasoldi. Il solo ritmo che gli consentisse di inseguire i suoi pensieri evitando di raggiungerli. Piú i pensieri gli sfuggivano, piú la fine veniva ritardata di uno, due, tre, quattro, cinque secondi. E poi altri cinque. E altri cinque ancora. La morte lo attendeva alla fine di quella partita, alla fine delle ultime monete. Gli ultimi spiccioli di una vita dedicata a dissipare spiccioli. Peccato che non fosse riuscito a farsi dare da Eva i ventimila euro. Avrebbe potuto chiudere alla grande, con un superbotto. Perché tanto lo sapeva che quello di sua moglie era un tentativo fallito in partenza. UNO - DUE - TRE - QUATTRO - CINQUE. Stavolta non era questione di soldi, con i Mascherano. Oddio, era sempre una questione di soldi, ma non di quelli che aveva fregato, no. Il problema adesso stava nel come li aveva fregati. Di creste nel periodo in cui aveva interpretato il ruolo dell'angelo custode ne aveva fatte a decine, e nessuno se n'era mai accorto perché Renzo era insuperabile nei giochetti di prestigio. Il problema era che i soldi non bastavano mai. E cosí s'era venduto un'informazione a una banda rivale dei Mascherano. Un gruppo di kosovari fuggiti dalla Germania, decisi a partecipare al banchetto romano.

L'informazione valeva diecimila euro, ma il colpo era fallito e si era risolto in una sparatoria in cui era rimasto stecchito un parente stretto dello zio Serse. Il quale non avrebbe impiegato molto a individuare l'infame, cioè lui, l'estraneo introdottosi con l'inganno dentro la famiglia, e che si scopava Melody, per giunta col suo consenso. Per questo

Renzo aveva urlato a Eva di lasciar perdere, anche se si era ben guardato dal raccontarle la verità. Eva avrebbe potuto accettare di coprire l'ennesimo debito, ma quella storia di infamità non l'avrebbe nemmeno capita.

UNO - DUE - TRE - QUATTRO - CINQUE. I pensieri di Renzo rallentarono all'improvviso una volta messa a fuoco la semplice certezza che per lui non c'era piú nulla da fare.

Si accorse in ritardo della tintinnante cascata di monete che la macchinetta stava rovesciando ai suoi piedi.

Il gestore del bar accorse, gridando eccitato: – Jackpot! Incredibile!

Finalmente si avvide di quanto era appena accaduto: aveva vinto.

– Saranno almeno settecento euro, – esclamò il barista mentre raccoglieva le monete in un secchiello da ghiaccio. – Lei è nato con la camicia.

Renzo scoppiò a ridere. – Sí, sono proprio fortunato.

Puntuale, tutti i giorni all'ora di pranzo, Ksenia si concedeva un'ora di allenamento in palestra. L'esercizio fisico aveva il potere di schiarirle la mente, e quello era l'unico momento della giornata dedicato esclusivamente a sé stessa. A Novosibirsk, in Siberia, lo sport era quasi un obbligo, una delle poche consuetudini ereditate dallo stile di vita sovietico. E come tale Ksenia lo aveva vissuto e praticato. Anche la scelta della ginnastica artistica le era stata imposta. Per «naturale attitudine», avevano scritto nei registri scolastici. Solo dopo essere andata a convivere con Luz e con la piccola Lourdes aveva compreso che volteggiare su un pavimento in legno le piaceva davvero. Eliminati lo stress della competizione e la fatica degli allenamenti, che l'avevano costretta a sottrarre anni allo studio e all'amicizia e all'amore, rimaneva il semplice godimento del proprio corpo che giocava con la forza di gravità. Non avrebbe saputo spiegare a parole quella sensazione, ma nell'istante in cui si lanciava in un salto mortale o in una rovesciata si sentiva leggera come l'aria. Tornare per libera scelta alla ginnastica le aveva restituito persino i pochi ricordi felici della sua infanzia, quando suo padre la teneva in equilibrio sulle piante dei piedi e lei allargava le braccia e immaginava di volare come un uccello, come un aeroplano. Questo accadeva prima che il padre iniziasse a bere e diventasse violento con tutte le donne di casa.

Uscendo dalla palestra i suoi pensieri si concentrarono su Sara. Ksenia avvertiva la colpa di averla coinvolta nella storia di Renzo. Era stata egoista e superficiale. Sara le aveva dato l'impressione di non poter badare a sé stessa, tantomeno a quella mina vagante del marito di Eva. Ksenia non si era comportata da amica, mentre Sara, pur nel suo attuale stato, non si era tirata indietro. Come sempre, del resto. Mise in moto la Yaris di seconda mano interrogandosi sul da farsi e l'attacco di batteria di *King Kong Five* dei Mano Negra le annunciò che Luz la stava chiamando.

– *Hola, mi amor.* Sei ancora in palestra?

– Ho appena finito. Che c'è? Hai una voce strana.

– No, niente. Uno dei miei soliti mal di testa.

Non succedeva spesso, per fortuna, ma Luz soffriva di questa strana sindrome che era per lei come un campanello d'allarme. Quando la tempia sinistra cominciava a batterle procurandole fitte dolorosissime, di lí a poco qualcosa di spiacevole accadeva a lei o a qualcuno di sua conoscenza. Non era una regola fissa, naturalmente: piuttosto, un sesto senso che Luz non aveva mai imparato a governare.

– Molto forte? – domandò Ksenia in tono premuroso e preoccupato.

– Sopportabile, – minimizzò la colombiana. – Ascolta, volevo dirti che forse dovresti andare da Sara.

Ksenia sorrise. Quello era uno dei motivi per cui l'amava senza condizioni.

– Stavo pensando la stessa cosa, – rispose. – Passo a prendere Lourdes a scuola e poi vado.

– Tranquilla. Ho già mandato Felix.

«Ecco un altro motivo per essere pazza di lei», si disse Ksenia, e glielo disse.

– Cosa? Non ti sento piú.

La linea cadde. Ksenia era entrata in una galleria del Grande raccordo anulare.

Digitò un Sms con su scritto: «Te quiero, mi amor» e si spostò sulla corsia di sinistra.

Il pavimento del salone era ricoperto di pacchetti di sigarette accartocciati e bottiglie vuote. Gin, vodka, amaro, whisky. Da quando aveva buttato fuori di casa quel verme di Renzo Russo, Sara non si era piú trattenuta nella ricerca del fondo della bottiglia. L'incomoda presenza di quel mentecatto l'aveva costretta a darsi una regolata, a rimanere vigile. Adesso che era di nuovo sola, niente e nessuno l'avrebbe fermata nel suo proposito, che aveva battezzato «Soluzione finale». Sullo stereo aveva messo a tutto volume *Dead Sea* dei Lumineers. Quando si sentiva un'implacabile vendicatrice ascoltava solo musica hip hop o soul, rigorosamente al femminile. Ma ora che il vuoto e la desolazione regnavano sovrani riusciva a sopportare soltanto quella cantilena molliccia e struggente: «Like the Dead Sea, you told me I was like the Dead Sea | [...] the finest words you ever said to me...»

Triste. Morta come il Mar Morto. La giovane guerriera aveva subito un colpo di troppo, e la ferita la stava dissanguando lentamente. Immaginò uno squarcio aperto sul cuore e vi tenne premuto il collo della bottiglia di bourbon, vuota come tutte le altre. Aveva bisogno di bere ancora. Maledisse la sua resistenza, il fisico e il cervello allenati per anni e anni, spesi a progettare la sua tremenda vendetta. Avrebbe voluto piangere come una vera ubriacona ma la guerriera continuava a lottare contro l'unico nemico che le era rimasto: sé stessa. Fece cadere la bottiglia sul pavimento, mandandola in frantumi. Vi appoggiò il piede scalzo e ve lo rigirò sopra come per spegnere un'immaginaria sigaretta. Strano, aveva ancora sangue nelle vene. «Serve altro liquore. Stavolta non si fanno prigionieri», pensò. Da lontano, da molto lontano, udí il suono di un campanello. Curioso, non ricordava che nella canzone dei Lumineers ci fossero campanelli. Qualora se ne fosse accorta non l'avrebbe scelta come requiem. I campanelli mettevano allegria, non c'entravano un cazzo con il Mar Morto. Colpi alla porta si aggiunsero alle scampanellate.

– Chi è che bussa al mio convento? – urlò. – Chi cazzo bussa al mio convento?

«Honey can't you see, I was born to be, be your Dead Sea».

Il cantante esalò l'ultimo verso accompagnandosi con l'accordo finale. Terminata la musica, i colpi irruppero con tutto il loro fragore e la voce di Ksenia turbò il torpore dell'alcol.

– Sara, apri questa porta. Lo so che ci sei. Apri o corro a chiamare un fabbro.

– Come faccio?

– Apri, ho detto!

Sara fece uno sforzo. Scivolò carponi sopra i cocci di vetro ferendosi mani e ginocchia. Il vestito che una volta le stava a pennello si strappò su un fianco. Strisciò fino all'ingresso lasciando una scia di sangue sul parquet. Allungò una mano e riuscí ad abbassare la maniglia. Poi si abbandonò sul pavimento, con il battente socchiuso.

Ksenia dovette spingere con forza per spostare il corpo dell'amica che le impediva di entrare. Si chinò su Sara, che le rivolse un sorriso inebetito: – Ciao. Scusa il disordine.

La siberiana la sollevò delicatamente, guardando il disastro intorno.

– Sara... – sospirò carezzandole i capelli e baciandole la fronte.

– Non ci provare. Lo sai che non mi piaci.

– Vieni, ti porto in ospedale.

– No, niente ospedale!

– Va bene, va bene, – disse Ksenia, aiutandola a stendersi sul letto.

In bagno trovò l'occorrente per tamponare le ferite. Poi chiamò il cubano.

Felix Cifuentes entrò in una stanza avvolta dal buio.

– Ha chiamato Ksenia. È un'emergenza.

– Devi andare? – domandò Angelica.

– Starò via un paio d'ore al massimo.

– Bene, ne approfitterò per compatirmi in santa pace, senza nessuno che mi faccia ridere o mi sistemi i cuscini.

Felix sorrise. Nonostante fosse costretta a vivere immobilizzata in una camera senza luce, Angelica sapeva ancora prendere la vita con ironia.

– Quando torno ti preparo un bel bagno caldo, – le disse.

– L'idea che mi toccherai dappertutto è piú che sufficiente per tenermi in vita nelle prossime ore. Adesso vai. Le ragazze ti staranno aspettando.

– Forse avremo un'ospite.

– *Mi casa es tu casa*, – rispose l'ammalata.

Ksenia aprí. Felix era irriconoscibile: aveva l'aspetto di uno che fosse sfuggito a una muta di cani randagi.

– L'autobus ha tardato venti minuti, e quando è arrivato sembrava il treno della speranza, – raccontò entrando in casa. – Poi, mentre attraversavo sulle strisce, un tizio su una macchina enorme invece di fermarsi ha accelerato per evitarmi, ha tirato fuori il pugno e mi ha urlato: «Nun te meno perché vado di fretta!» Questa città è impazzita.

Felix non era piú abituato al traffico romano. La sua esistenza era dedicata ad Angelica Simmi, la donna che assisteva giorno e notte. C'era però un altro motivo per cui usciva sempre piú di rado. Aveva settant'anni e la sua vita non era stata una passeggiata. Aveva fatto il guerrigliero castrista, poi era stato esiliato per il suo dissenso politico e da allora era stato costretto a vagare, spesso in clandestinità, prima di approdare in Italia e riprendere quella che per lui era molto piú di una professione: aiutare persone come Angelica a morire con dignità. Viveva protetto dal suo guscio perché conosceva fin troppo bene la durezza del mondo esterno.

– Ci vorrebbe un bicchierino per tirarmi su, ma temo che la roba forte sia finita, – scherzò poggiando sul tavolo della cucina il sacchetto di plastica della farmacia. – Lei dov'è?

Ksenia indicò la stanza da letto.

– Sei riuscita a farle bere acqua?

– Un po' sí. Ho fatto come mi hai detto. Poi si è addormentata.

– Bene. Ora le daremo della vitamina B e quest'altra compressa –. Felix notò il sacco dell'immondizia in cui Ksenia aveva raccolto le bottiglie vuote. – Mi sa che la terapia sarà piú lunga del previsto.

Entrarono in camera da letto, dove Sara, avvolta da un plaid, in posizione fetale, si lamentava in un agitato dormiveglia.

Felix, che a dispetto dell'età era ancora molto forte, la sollevò e se la caricò in spalla. – È lontana la macchina?

– L'ho parcheggiata sotto il palazzo, – rispose Ksenia, raccogliendo tutto il necessario prima di precederlo verso l'uscita.

Il tragitto fu agevole. In poco piú di mezz'ora Sara riposava nella stanza degli ospiti di Angelica Simmi.

Renzo Russo non sapeva che farsene di settecento euro. Lui era uno che giocava e perdeva alla grande. Con quella vincita poteva fare soltanto una cosa: continuare a giocare. E cosí entrò in un altro bar e diede l'assalto a un'altra slot machine. Credendo di vivere in un sogno, svuotò anche quella e raddoppiò la vincita. A quel punto non poté piú fermarsi. Conosceva una bisca in centro e investí i millequattrocento euro in qualche mano di poker. Gli entrarono di seguito un full, un tris di assi e una scala massima: di per sé non sarebbe stata vera fortuna, se non avesse incrociato quei punti rispettivamente con una scala, una doppia coppia e una scala media. In tanti anni non era mai stato cosí sfacciatamente baciato dalla buona sorte. Abbandonò il tavolo con le tasche piene di soldi, non perché avesse paura di perderli, ma perché l'eccitazione non gli permetteva di restare fermo. Era tormentato dal bisogno di cambiare gioco in continuazione. Qualunque cosa pur di assecondare quello stato di grazia, di rimanere sospeso in quella travolgente vertigine. Si fermò in una sala Bingo e vinse. In un centro internet giocò online, e la fortuna fu ancora dalla sua parte. Entrò in una sala scommesse e giocò e vinse per l'intero pomeriggio. Alla fine, esausto, decise che ne aveva avuto abbastanza. Era la prima volta che gli succedeva. Un giocatore d'azzardo come lui non si fermava mai semplicemente perché non era in grado di farlo. E invece questa volta Renzo decise che bastava cosí. Era svuotato, sazio, forse guarito. Non si trattava di aver paura di perdere tutto. Non aveva piú voglia. Non c'entravano i soldi. Si sentiva come un croupier alla roulette del casinò, che non perde mai ma nemmeno si diverte. Sa già in partenza che le combinazioni dei numeri sono in suo favore. Quel giorno era tutto troppo facile. E il successo lo aveva privato del brivido di immaginarsi sul ciglio di un burrone. Avvertí il bisogno di indirizzare l'euforia verso qualcos'altro, o meglio, qualcun altro. «Eva», pensò, provando un impulso irresistibile a chiamare sua moglie.

Eva si muoveva per l'appartamento che aveva messo in vendita in preda a una frenesia, un'ansia di liberazione. Sebbene non avesse ancora trovato un acquirente e nemmeno una nuova casa, aveva iniziato a impacchettare la cristalleria, a ficcare i libri negli scatoloni da supermercato, a fare una cernita degli abiti, come se avesse dovuto traslocare il giorno successivo. Desiderava sentirsi precaria in quelle stanze dove aveva vissuto con Renzo per quindici anni.

Dalle casse acustiche dello stereo sembrava che Noemi stesse cantando solo per lei, ed Eva annuiva a ogni verso, in un doloroso dialogo fra donne deluse.

«Mi guardo allo specchio | mi trovo diversa | mi trovo migliore | [...] che senso di vuoto | che brutta ferita | ferita da te, da me | da quello che non c'è stato... mai».

Lo squillo del telefonino la fece trasalire. Rimase immobile con il cellulare in una mano e un reggiseno nell'altra, lo sguardo congelato sul nome di suo marito che spiccava sul display. Gli squilli si interruppero e ripresero imperterriti dopo una breve pausa. Schiacciò il tasto verde senza proferire parola.

– Eva, sono io. Meno male che hai risposto. Devo dirti una cosa importantissima –. La voce di Renzo suonava euforica, carica di eccitazione. – Ho vinto! Posso restituirti i soldi. Devi credermi. Una fortuna sfacciata.

– Sono contenta per te. Ma non li voglio.

– Oggi è successa una cosa pazzesca. Credo di essere guarito.

– Se è cosí, usali per cambiare vita.

– E infatti. È quello che voglio fare. Ma con te. Sei l'unica che abbia davvero contato. Qualcosa è cambiato, ne sono sicuro. È stato come ricevere un segno. Oggi ho vinto cosí tanto perché finalmente potessi smettere. Non sto cercando di convincerti o di convincermi. È cosí e basta. Sono guarito, sul serio.

Eva sapeva che Renzo era sincero, credeva davvero a quello che diceva. E questo la rese terribilmente triste.

– Parli cosí perché la fortuna oggi ti è stata amica. Ma domani o fra un mese ricomincerai, e io non ho piú la forza. Non so perché, ma sei stato il grande amore della mia vita. Ora non piú. Tutto ciò che mi resta di te è una cicatrice in faccia che spero col tempo scomparirà. Usa quei soldi per andartene via di qua. Sparisci.

Renzo conosceva le donne e riusciva a capire quando era veramente finita. Era come attraversare una linea di demarcazione visibile solo ai loro occhi. L'uomo che si fosse trovato a superare quel confine era spacciato. La stessa donna che un attimo prima avrebbe accettato qualunque umiliazione o sacrificio, che si sarebbe fatta uccidere per il suo uomo, non avrebbe battuto ciglio nel vederlo schiacciato sotto un camion o divorato dalle formiche. Renzo aveva appena varcato quella soglia invisibile. L'aveva perduta per sempre.

– Buona fortuna, Renzo, – le sentí dire da molto lontano.

«Certo, buona fortuna», pensò lui, infilandosi in tasca il telefonino.

Entrò in un bar dove c'erano diverse persone in fila alla ricevitoria del Lotto e giocò duecento euro su un terno secco sulla ruota di Venezia. Avrebbe dovuto aspettare due giorni per conoscere l'esito dell'estrazione, ma era intimamente certo di aver vinto una fortuna.

Scoprí di avere fame. Non ricordava quando aveva mangiato l'ultima volta. Si infilò in una trattoria e mise cinquanta euro in mano al cameriere.

– Portami quello che vuoi, basta che sia buono.

Cenò lentamente. Non aveva nessuna voglia di chiudersi nella triste camera della pensione *Varese*.

Sara si svegliò poco prima di pranzo. Le occorse una lunga occhiata intorno per capire che non si trovava nella sua stanza da letto. Infine mise a fuoco il volto di Felix, che le rivolse un sorriso bonario.

– Ciao. Io sono Felix Cifuentes.

– So chi sei.

– La tua amica Ksenia non ha voluto lasciarti sola, dal momento che hai rifiutato il ricovero in ospedale.

– La siberiana non è mia amica.

– Ah, no? Chissà allora come mai ti ha curato le ferite e ripulita dal tuo vomito.

– Una vera crocerossina, – ironizzò caustica.

– Ho qui le tue analisi, – proseguí l'infermiere senza perdere l'aplomb.

– Le mie analisi?

– Ti ho prelevato un po' di sangue mentre dormivi. – Felix inforcò gli occhiali da presbite. – Dalle transaminasi alla bilirubina, non c'è un valore a posto, – la informò. – A meno che tu non sia incinta o in menopausa, e non mi pare sia il tuo caso, mi sembra evidente che bevi come una spugna. La domanda che si impone è: da quanto tempo hai scelto la bottiglia come unica amica?

– Ok, io me ne vado, – disse Sara liberandosi delle coperte. Appena i piedi toccarono terra avvertí una fitta dolorosa.

– Fossi in te aspetterei almeno un paio di giorni. Hai dei tagli profondi sulla pianta del piede.

Sara tornò a stendersi. Le tempie le battevano come tamburi e la stanza vorticava come se fosse seduta su una giostra.

– Ti ho preparato un'insalata di carciofi e una macedonia di frutta. Anche un po' di marmellata ti farebbe bene. Dovresti pure prendere una compressa di vitamina B. Ce l'hai qui, sul comodino.

Sara voltò ostentatamente le spalle, rifugiandosi sotto le coperte.

Da un'altra stanza della casa la voce flebile di Angelica Simmi chiamò. – Felix?

– Fra un po' ti porto da mangiare, – disse Felix alzandosi.

Appena lui raggiunse la porta, Sara, senza voltarsi, fece il verso ad Angelica: – Feeelix...

Il cubano indugiò qualche istante prima di tornare a rivolgersi alla schiena di Sara. – Sai? Sto leggendo un libro interessante, l'autobiografia di un tennista famoso. Sostiene che una vittoria non è cosí piacevole quanto è dolorosa una sconfitta. E che ciò che provi dopo aver vinto non dura altrettanto a lungo, nemmeno lontanamente. A giudicare dalle analisi, la tua sconfitta dev'essere stata altrettanto dolorosa.

Nella cucina della grande villa, ampia come una piazza d'armi, zio Serse aveva appena terminato di gustare la sua pietanza preferita, il *bolapé*. Nessuno come sua moglie Esmeralda sapeva far rosolare il pollo e dosare la quantità di cipolle, peperoni, datteri e cannella. Ma il vero segreto era pelare i peperoni prima di gettarli in padella. Pranzare da solo in cucina lo aiutava a pensare, e quando arrivava al caffè aveva trovato la soluzione. Per questo mangiava lentamente. «A tavola non si invecchia», usava ripetere alla gente del suo clan. Forse era quello il motivo per cui non dimostrava i suoi anni. Tanto per cambiare stava meditando su Melody, che era una puledra selvaggia e si era spinta in un territorio pericoloso. Andava domata prima che si azzoppasse e proprio lui fosse costretto ad abbatterla. Bisognava stringerle il morso e le briglie, e costringerla ad andare al passo. Basta galoppate sfrenate, basta impennate furibonde. Si pulí accuratamente i denti con uno stecchino d'oro, riempí un piatto e si avviò verso la scala di marmo che conduceva all'appartamento di quella che aveva sempre considerato sua nipote. Ora sapeva cosa dire, e come dirlo.

Melody non era piú uscita dalla sua stanza e aveva rifiutato il cibo portatole da zia Esmeralda. Si era rifugiata nel sonno, e il resto del tempo lo aveva trascorso osservando il grande pino che si vedeva dalla sua finestra. Non aveva piú toccato l'accordéon, e questo era il segno piú evidente della sua infelicità. Si sentiva in trappola, senza possibilità di fuga. Sapeva di cosa fosse capace lo zio Serse ed era consapevole che, se avesse tentato l'ennesima fuga, i suoi genitori avrebbero visto l'inferno in carcere e Renzo non avrebbe avuto scampo. Dopo la discussione davanti al camino, lo zio non le aveva piú rivolto la parola e quell'atteggiamento la spaventava molto. Per tale motivo accolse con sollievo la sua visita.

Lo zio le porse la porzione di *bolapé*, un altro segnale di tregua. Nonostante avesse lo stomaco chiuso, la ragazza finse di assaporarne il gusto con lentezza, mentre il vecchio la fissava.

– C'è troppa cannella? – domandò.

– No, no, è buonissimo, – rispose la nipote ripulendo il piatto con un pezzetto di pane.

Rimasero in silenzio per un tempo che a Melody parve infinito.

Poi Serse accese una sigaretta al mentolo. – Ci possiamo mettere una pietra sopra, – esordí. Il viso della ragazza si illuminò, in un impeto di gratitudine gli prese la mano e la baciò ripetutamente.

Il vecchio lasciò fare, poi l'allontanò in modo brusco.

– Non ho finito. A te ti posso pure perdonare, ma a due condizioni. Primo: sposerai a Christian, che è nu giovane a posto.

Melody chinò il capo e annuí in segno di sottomissione.

– Anche le belle puledre a un certo punto devono trovare uno stallone che le ingravidi, – commentò Serse soddisfatto. – Per lo sposalizio non ti preoccupare. Pensa a tutto zio. Sarà una festa indimenticabile. Secondo: quell'ingrato di cui ti sei invaghita deve confessare la sua infamità e venirmi a raccontare a chi ha fatto la soffiata. Devo sapere se è gente nuova o gente che fa affari con noi. Se accetti, puoi vederlo ancora una volta per convincerlo a incontrarmi. Se si caca sotto, se non si fida di venire qua, gli concedo la scelta del posto. Io e lui da soli, a chiacchierare. L'importante è che mi dimostri la sua buona fede.

– E poi?

– Se capisco che non mi ha preso per il culo non gli faccio niente, pure se avrei voglia di scuoiarlo come un capretto. Basta che vada a farsi fottere lontano da Roma. Che se ne torni a fare l'autista o a scoparsi ricche vedove del Nord, a me non mi interessa.

– Allora posso vederlo ancora una volta?

– Sí, ma per riferirgli il mio messaggio, – disse Serse aprendo la porta. – Ormai sei la fidanzata di Christian.

Melody rimase da sola, a fissare il vuoto. Christian non le era mai piaciuto. Attese il buio scegliendo il trucco piú adatto. Poi si vestí come piaceva a lei: pantaloni di pelle, collo alto nero e giubbotto. Si contemplò allo specchio. Era un vero schianto. Che peccato dover rinunciare per sempre ai suoi abiti preferiti. Attese che facesse buio, chiuse a chiave l'appartamento e si calò dal primo piano lungo il tubo della grondaia, come faceva da bambina. Era una specialista della fuga. Da quando aveva cominciato a contarle, era scappata quarantanove volte.

Ma adesso era diverso. Sarebbe tornata dopo poche ore. Giusto il tempo di incontrare Renzo lontana dagli occhi dei Mascherano. Raggiunse una parte incolta del giardino interno, dove sapeva di trovare uno dei tanti scooter usati dalle donne del clan. Nascose i lunghi capelli biondi dentro il casco integrale e spinse a mano oltre il cancello secondario che sapeva incustodito. Mise in moto e si allontanò a fari spenti, cercando di evitare le ronde e gli sguardi delle sentinelle. Non fu facile, dovette fermarsi e spegnere il motore piú di una volta. Dopo un percorso a zig zag attraverso quel labirinto di stradine scarsamente illuminate, uscí dall'enclave dei Mascherano, raggiunse il centro della città e chiamò Renzo.

Renzo era stato colto di sorpresa dalla telefonata di Melody. Aveva persino esitato a rispondere. Ma il tono accorato della ragazza lo aveva convinto ad accettare l'incontro. Si erano dati appuntamento all'*Antico caffè Turismo*, uno dei tanti pretenziosi locali spuntati come funghi nel centro storico. Era stato Renzo a sceglierlo, assecondando il suo intramontabile istinto da seduttore. Ma c'era anche un altro motivo. Il caffè era situato nei pressi della famosa scalinata di Trinità dei Monti, uno dei luoghi piú affollati dai turisti, dove era difficile organizzare un agguato. In caso di pericolo, Renzo avrebbe potuto confondersi tra la folla dello shopping di via Frattina e via Condotti o dileguarsi verso via Sistina. Persino gente pronta a tutto come i Mascherano avrebbe esitato ad agire in quelle condizioni. Di Melody si fidava a occhi chiusi, non altrettanto dello zio Serse e del resto della banda. Non aveva idea di che cosa la ragazza volesse dirgli, ma in cuor suo sperava che gli proponesse di fuggire insieme.

Rivederla gli mozzò il respiro. Aveva dimenticato quanto fosse dirompente la sua bellezza. Poche donne potevano indossare dei pantaloni cosí attillati. Renzo rimase seduto ad ammirare il portamento altezzoso di Melody. Era uno spettacolo guardarla attraversare la sala, gettando avanti le gambe slanciate.

Sembrava la reincarnazione di un'eroina di certi romanzi d'avventura che aveva letto da ragazzino. Era la sua Mata Hari, la sua Angelica, la sua Perla di Labuan. Bella, coraggiosa, indomita. Si immaginò in smoking al suo fianco mentre entravano nel casinò di Montecarlo, salutati dal direttore di sala e dai croupier.

Notò lo sguardo di invidiosa ammirazione della cameriera, che non appena Renzo si alzò per accogliere Melody rientrò subito nei ranghi, avvicinandosi per porgere con formale cortesia i due menu.

– Ti va bene se scelgo io il tè? – domandò Renzo imbarazzato dalla freddezza di Melody.

– Non mi piace e non lo voglio.

Renzo allontanò la cameriera con un gesto. – Perché hai voluto vedermi?

– È stata un'idea di zio Serse.

Lui si guardò attorno preoccupato.

– Stai tranquillo, nessuno sa che sono qui. Il vecchio ti propone un incontro in un posto a tua scelta.

Renzo soppesò la proposta con preoccupazione. – Non sono cosí ingenuo.

– So cosa stai pensando, – proseguí Melody. – Ma io lo conosco, era sincero. A lui interessa soltanto sapere a chi hai fatto la soffiata. Non gli importa di te, però vuole che dopo aver chiarito ogni cosa tu sparisca dalla circolazione.

Renzo si lasciò sfuggire un sorriso amaro. Era la seconda volta che qualcuno lo invitava a togliersi di mezzo.

– Non mi fido.

– Non c'è altra scelta. Se vuoi continuare a campare tranquillo devi chiarire tutto con lo zio.

Renzo la guardò dritto negli occhi. – Potremmo fuggire insieme.

Con sua grande sorpresa, Melody scoppiò a piangere. Renzo non l'aveva mai vista versare una lacrima.

– Che ti prende? – le chiese, porgendole un fazzoletto che profumava di acqua di colonia.

– L'ho pensato anch'io, non sai quanto.

– E allora facciamolo! Oggi ho vinto come mai in vita mia, – disse tirando fuori una manciata di banconote dalla tasca della giacca. – Mi sono dovuto fermare per quanto ero stanco di vincere. Capisci? Stanco di vincere! E ho scelto io di smettere.

La ragazza scosse la testa. – Mi hai mentito e hai fatto morire un ragazzo. Ora, per salvare la tua vita e quella dei miei genitori sono costretta a sposare Christian. Ti rendi conto di cosa mi hai fatto?

– Christian è una bestia, non ti merita.

– Tua moglie ha ragione: pensi solo a te stesso. Delle donne che ti amano non ti è mai importato nulla.

A Renzo sembrò di precipitare dal decimo piano. Aveva perduto per sempre anche lei. – Melody, – mormorò sconfitto.

– Lo sapevi in che situazione mi trovavo, e nonostante questo hai fatto l'unica cosa che i Mascherano non ti avrebbero mai perdonato. Ma perché?

Renzo alzò le spalle. Non sapeva cosa rispondere. E poi vinceva, adesso. Nulla sarebbe stato piú come prima.

La ragazza si asciugò le lacrime. – Cosa devo dire a zio Serse?

– Al vecchio piace il tè? – domandò in tono provocatorio.

– Smettila, Renzo.

– Lo aspetto qui domani mattina alle undici.

Lei uscí dal locale senza degnarlo di uno sguardo. Renzo rovistò nella tasca e prese una banconota da venti euro, che lasciò sul tavolo.

Una volta fuori alzò il bavero del cappotto per proteggersi dal freddo pungente e si avviò lungo via del Babuino con una gran voglia di sfidare la fortuna.

Melody si era diretta verso lo scooter. Aveva fretta di affrontare lo zio Serse, che sicuramente sarebbe stato furibondo con lei per il modo in cui l'aveva fregato sfuggendo ai controlli. Ma quando gli avrebbe comunicato che aveva organizzato l'incontro con Renzo, lo zio avrebbe apprezzato il suo spirito indomito e ribelle.

Soprattutto, desiderava allontanarsi per sempre da Renzo, la peggiore delusione che avesse mai avuto. Era talmente preso dalle sue vincite e dai suoi deliri che non si era nemmeno accorto del male che le aveva fatto. Dell'ergastolo a cui l'aveva condannata.

Infilò la mano in tasca e strinse il manico del rasoio, pentendosi amaramente di averlo usato contro Eva. Mentre ripensava alle parole profetiche della moglie di Renzo, realizzò in ritardo di aver visto qualcosa all'uscita del caffè che, nell'eccitazione del momento, non aveva messo a fuoco, ma che ora la trafiggeva come una rivelazione: una Mercedes nera, con una placca che la identificava come auto pubblica per il servizio di noleggio dandole libero accesso alle zone a traffico limitato. E due dadi rossi di peluche appesi allo specchietto retrovisore. Conosceva quella macchina. I Mascherano la utilizzavano quando volevano agire senza dare nell'occhio. Il cuore si mise a pulsarle forte mentre pensava a quanto era stata stupida. Ecco perché era stato cosí facile uscire dall'enclave. Zio Serse aveva dato ordine di lasciarla passare. L'ordine era stato trasmesso, le sentinelle sui tetti si erano nascoste o si erano voltate dall'altra parte. Evidentemente non era stata la sola a muoversi a fari spenti. Si era sentita al sicuro e non aveva controllato se qualcuno la stesse seguendo.

Melody tornò indietro di corsa frugando nella tasca alla ricerca del telefonino. – Renzo, scappa! – gridò, ma non attese la risposta. La scena a cui stava assistendo era piú che eloquente. Renzo, stretto fra due dei suoi cugini, veniva spinto all'interno dell'auto. Alla guida c'era Christian.

Zio Serse era seduto davanti al camino. Si fissarono per qualche secondo in silenzio.

– Dovevo capirlo che era una fregatura, – disse Melody in tono amaro.

– Non vedevi l'ora di correre da lui e non ti sei fermata a riflettere.

– Avevo alcune cose importanti da dirgli. Non lo avrei piú rivisto.

– Cosí è tutto piú facile. Dài retta a zio.

– Non dovevi mandare Christian, il mio futuro marito.

– E isso ci teneva assai.

Melody capí e lanciò un urlo lungo e straziante.

– Che ti aspettavi? – chiese Serse.

– Mi avevi giurato che non gli avresti torto un capello.

– Ma ai genitori e alle sorelle di Victor io ci ho promesso vendetta, e loro sono Mascherano veri, tu ancora no.

Il pensiero di essere toccata dalle mani sporche di sangue di Christian la riempí di orrore e rabbia. – E perché adesso dovrei rispettare il nostro patto?

Zio Serse le rivolse un'occhiata delusa. – Io ti parlo e tu non mi senti. Quante volte te lo devo dire? I tuoi amati genitori che ora soffrono in carcere faranno una brutta fine se non scegli il clan, te lo vuoi ficcare in quella testa matta?

Il clan! Melody era esasperata. – Spero tu non abbia detto a Christian di andarci pesante. Lo sai che quello quando mena...

– Ritirati, ché è tardi, – la interruppe il vecchio, con un tono che non ammetteva repliche.

La ragazza salí nel suo appartamento e trovò la porta aperta. Ricordava di averla chiusa a chiave ma i Mascherano erano sempre stati abili con le serrature.

Sul letto trovò un abito bianco da sposa. Era lavorato a mano e ornato con perle e vistosi ricami. Lo aveva sicuramente scelto Esmeralda, e allo zio Serse doveva essere costato una fortuna.

Per la prima volta nella sua vita si ribellò come una Mascherano. Spalancò le finestre, prese l'accordéon e attaccò un brano tradizionale che solitamente rallegrava le feste di matrimonio. Ma interruppe l'esecuzione a metà. Era il suo modo per annunciare al clan che era stanca di subire.

Quando sfilò dalle spalle le cinghie dello strumento si accorse che le tremavano le mani.

Tre

Sara stava da cani. Da due giorni non beveva un goccio di alcol e le notti non finivano mai.

Se era rimasta in quella casa silenziosa e buia era soltanto per rimettersi in sesto prima di sferrare un altro attacco al suo organismo. Aveva preso le vitamine, mangiato la frutta, la marmellata e quella cazzo di insalata di carciofi che odiava. Stava male perché non sopportava la presenza del vecchio infermiere cubano che Ksenia e Luz adoravano e che lei invece trovava saccente e invadente. Da undici anni ormai viveva da sola, padrona della sua vita, senza nessuno che si azzardasse a dirle cosa fare o non fare, e ora si ritrovava in quella specie di sanatorio, obbligata a rispettare orari e regole. Detestava Ksenia, che si era arrogata il diritto di intromettersi nel suo progetto di autodistruzione. Odiava tutte quelle premure non richieste, i patetici tentativi di farla ridere, di incoraggiarla a trovare un senso. Dopo anni covati nella vendetta non c'era nulla per cui valesse la pena di andare avanti. E comunque, non era affare che li riguardasse. In fondo chi era questa gente? Non conoscevano nemmeno il suo vero nome. Non sapevano niente di lei. Il loro gioco era scoperto: volevano riportarla tra i vivi senza farsi sfiorare dal dubbio che fosse già morta. Aveva voglia di bere, ma in quella maledetta casa non c'era neppure una bottiglia di vino. Ma allora perché non se n'era ancora andata? Per quale ragione sopportava quello strazio? C'era una parte di lei che resisteva, che rimaneva aggrappata alla vita. Ed era questa la cosa che le faceva piú male.

Il giorno precedente, approfittando della momentanea assenza di Felix, si era alzata, determinata a tagliare la corda. Prima di uscire si era messa a frugare in cucina e in soggiorno alla ricerca di qualcosa da bere. La voce della «degente numero 1», come aveva ribattezzato la moribonda della stanza accanto, aveva lanciato il suo flebile richiamo, immaginando che Felix fosse tornato. Sara era rimasta in silenzio, nella speranza che Angelica desistesse. Invece lei l'aveva chiamata per nome. Non aveva nessuna voglia di mostrarsi, non desiderava affatto trovarsi in presenza di una persona che resisteva alla morte. Ma poi si sentí ridicola, come una bambina sorpresa a rubare la marmellata, l'unica cosa del resto, insieme a frutta, vitamine e ai fottuti carciofi, che non le fosse vietata. Maledicendo sé stessa raggiunse la stanza della moribonda in punta di piedi, non per discrezione ma perché non riusciva ancora a poggiare a terra la pianta del piede destro. Nessuno l'aveva preparata a quello che avrebbe visto. La stanza era immersa nel buio e su un letto da ospedale giaceva una donna gracile, dai capelli radi e il volto deturpato da un eritema rosso, a forma di farfalla. Si chiese quale atroce malattia avesse potuto ridurla in quello stato. La donna girò il capo verso di lei e le rivolse un sorriso gentile.

– Tu devi essere Sara, – disse, con una bella voce arrochita dallo sforzo.

– Purtroppo sí.

– Non capisco. Chi vorresti essere, invece?

Sara avvertí la rabbia prorompere dal petto e rispose con astio: – Te, per esempio.

– Me? E perché mai? – domandò la donna, cercando invano di sollevarsi sui cuscini.

– Per essere sicura che tra poco sarò morta.

Era stata volutamente sgradevole, per mettere fine a quell'imbarazzante conversazione. Ma ci sarebbe voluto ben altro per scuotere una donna come quella.

– Se è davvero questo che desideri, perché non lo fai? Perché non poni fine alla tua sofferenza?

– Ci sto lavorando, – rispose Sara, incaponendosi nel ruolo della dura.

– Con l'alcol? Troppo lungo. Tu non vuoi morire, vuoi agonizzare.

Sara non trovò nulla da obiettare.

– E tu, allora? – replicò. – Perché non convinci Felix a farti una bella iniezione letale? Se ho capito il tipo, non credo che si tirerebbe indietro.

Quello scricciolo di donna sorrise, e per un attimo un guizzo di vitalità scosse il suo corpo prostrato.

– Ognuno agonizza come può. A me piace farlo in compagnia di persone come Felix. A quanto ho capito, tu preferisci farlo da sola. Ma allora che ci fai ancora qui?

«Appunto», aveva pensato Sara uscendo dalla stanza senza rispondere e decisa a imboccare la porta. Però si era fermata al momento di abbassare la maniglia, consapevole che se l'avesse fatto non sarebbe piú tornata indietro.

C'era poi stata la visita di Luz, la compagna di Ksenia, un temperamento dolce ma focoso che le aveva a stento rivolto un saluto prima di entrare nella stanza della padrona di casa.

Sara, in un lampo di lucidità, si era detta che la bella colombiana doveva essere gelosa delle premure che Ksenia le dedicava. La figlia, al contrario, si era messa a scorrazzare tra la camera di «nonna Angelica», come chiamava la titolare di quel lazzaretto, e la sua, tempestandola di domande tanto innocenti quanto insopportabili: «Tu sei l'amica di zia Ksenia?», «Che ti sei fatta al piede?», «Ti va di giocare a *Indovina chi*?»

Era deliziosa, e proprio per questo Sara l'aveva trovata insopportabile. Tutta quella gioia di vivere le dava la nausea, e senza esitare le aveva detto di non romperle le scatole.

La bambina l'aveva osservata, incredula, prima di raccogliere il libro di poesie e uscire dalla stanza senza proferire parola. Un minuto dopo l'aveva sentita bisbigliare in corridoio con la madre, che l'aveva rimproverata dicendole: – Sara è molto stanca.

Lourdes aveva replicato che non era stanca, ma «una malata cattiva».

Ne era seguito un silenzio che, suo malgrado, aveva tenuto Sara sulle spine.

Poi la bambina aveva fatto il suo titubante ingresso nella stanza. Con buffo sussiego aveva donato a Sara un disegno. Rappresentava con elementare stilizzazione una bambina che teneva per mano due figure piú grandi. In alto, in un meritevole tentativo prospettico, campeggiava una figura maschile grande e grossa con i capelli ricci, e sullo sfondo un'esile figura adagiata su un letto.

Sara non aveva avuto la forza di confessare alla bambina che sarebbe stato bello entrare nel suo disegno. Era riuscita a dire soltanto: – Grazie.

E ora Sara stava male. E l'astinenza dall'alcol non c'entrava niente. Il vero problema era la direzione da dare alla sua vita. Aveva trascorso quasi vent'anni a meditare vendetta, a progettare una guerra, e adesso provava un assurdo desiderio di pace. Di dichiarare pace a sé stessa.

Zio Serse era un uomo che curava i dettagli e cercava di ricavare tutti i vantaggi possibili da ogni azione del clan. Anche da un omicidio. Per questo aveva ordinato di abbandonare il cadavere di Renzo Russo in una fabbrica dismessa, divenuta col tempo rifugio e dormitorio di un giro di accattoni di varie nazionalità: disperati che rovinavano l'immagine del suo regno con la loro cenciosa presenza. I primi ad andarsene furono due coppie di polacchi, seguite subito dopo da tutti gli altri.

Un volontario di un'associazione che distribuiva generi di prima necessità agli indigenti raccolse la confidenza di un egiziano e avvertí la polizia.

La pattuglia inviata a verificare liquidò la faccenda come un regolamento di conti fra «residenti», ma quando arrivò la scientifica e rinvenne in una tasca del cadavere la patente di guida, la faccenda fu giudicata in modo diverso e le indagini furono immediatamente assegnate a Paolo Mattioli.

Il commissario aveva una discreta esperienza di morti ammazzati, ma davanti al cadavere di Renzo Russo pensò subito allo strazio del riconoscimento da parte del parente piú stretto. Se fosse stato possibile avrebbe risparmiato quel passaggio burocratico alla signora Eva D'Angelo, perché del volto che aveva amato e baciato non rimaneva che una poltiglia sanguinolenta.

– Si sono accaniti solo sulla faccia, – spiegò Zanuppelli, il medico legale, togliendosi i guanti in lattice. – Con una spranga o un pugno di ferro. Sarò piú preciso dopo l'autopsia.

– L'hanno ammazzato qui?

– No. E dalla disposizione delle macchie di sangue, devono avergli avvolto la testa con un asciugamano o un tessuto dotato di una certa capacità assorbente.

– Avevano paura di sporcare la macchina, – ironizzò Materazzo, l'autista del commissario.

Mattioli si rivolse a uno degli agenti arrivati per primi sul posto.

– Testimoni?

Il poliziotto alzò le spalle. – Non c'era piú nessuno. Se il volontario non ci avvertiva, chissà quando lo avremmo trovato.

Il commissario si allontanò di qualche passo, telefonò al capo della mobile e lo mise al corrente.

– Che idea ti sei fatto?

– Sappiamo con certezza che il delitto è maturato all'interno del clan Mascherano. Per una volta abbiamo una pista concreta.

– Allora vediamo dove porta, – commentò sbrigativo il dirigente. – Coordinati con la sezione anticrimine.

Un'agente della scientifica, infagottata nella tuta bianca, si avvicinò al commissario e gli consegnò una busta trasparente con la patente della vittima. – Dentro c'è anche una giocata al Lotto, – lo informò.

Uno degli agenti fermò un giornalista. Mattioli lo conosceva da anni. Si chiamava Vanni Petrignani. Era un cronista all'antica che i cadaveri voleva vederli da vicino, senza accontentarsi delle chiacchiere degli inquirenti.

– Fallo passare, – ordinò il commissario.

L'uomo si avvicinò e senza tanti complimenti alzò il lenzuolo che copriva il corpo di Renzo. Non fece né smorfie, né commenti.

– Che mi dice, commissario?

– Niente, brancoliamo nel buio.

– Sapete almeno chi è?

– Sí, ma devo ancora avvertire i famigliari e voglio farlo di persona.

– Prima di domani mattina non faccio uscire nulla, ma non voglio finire «bruciato» dai colleghi delle testate online o delle televisioni locali.

– Si chiamava Renzo Russo.

– Può dirmi altro?

– Scoprirà che si dava da fare a livelli bassi, ma le chiedo la cortesia di non calcare la mano.

Il cronista chinò il capo. Avrebbe calibrato le parole. Poi indicò il cadavere. – Mi ricorda il volto di Pasolini. Chi l'ha conciato cosí provava rabbia e disprezzo.

– Ha già l'articolo in testa, eh?

– Mestiere, commissario.

Mattioli si massaggiò gli occhi stanchi. – La moglie è stata vittima di un'aggressione, – disse, convinto che prima o poi Petrignani avrebbe scoperto il collegamento.

Il giornalista alzò la testa di scatto. – Quella che è stata sfregiata?

– Esatto.

– Questo cambia tutto. Vado subito a intervistarla.

– Io, invece, preferirei lasciarla fuori. Lei gode di un notevole seguito tra i suoi colleghi, e se imposta il caso in un certo modo, le verranno dietro tutti.

L'uomo sorrise. – Si tratta di una semplice richiesta o di un ordine?

– Uno scambio di cortesie tra gentiluomini. Mi saprò sdebitare alla prima occasione.

– Affare fatto, – tagliò corto il giornalista, mettendo via il taccuino.

Mattioli si avviò alla macchina: Matterazzo lo attendeva col motore acceso. «Ora viene il difficile», pensò. Avvertire i parenti delle vittime era sempre un momento delicato, ma non avrebbe mai delegato ad altri il compito di dare la notizia a Eva.

Attraverso la vetrina della profumeria il commissario vide Eva, Ksenia e Luz che chiacchieravano con un paio di signore. Attese che le clienti uscissero, poi fece il suo ingresso.

Le tre donne lo fissarono con aria interrogativa. Il volto serio di Mattioli non prometteva niente di buono.

– Dovrei parlarle, signora D'Angelo, – disse in tono grave.

– Possiamo farlo qui? Non ho segreti per le mie socie.

– Non è per questo. Solo, non vorrei che entrassero clienti.

Eva indicò la porta che conduceva nel retrobottega. – Allora mi segua, per favore.

– Vuoi che veniamo anche noi? – chiese la siberiana con fare protettivo.

Eva mosse la mano in un cenno di diniego. – Non serve, grazie, – rispose avviandosi.

Il commissario non la seguí subito. Si attardò giusto il tempo per sussurrare: – Il marito è stato ucciso, avrà bisogno di voi.

Luz si portò le mani alla bocca con un gesto smarrito. Ksenia scosse la testa.

Eva si era seduta sulla poltroncina della scrivania. – Si tratta di Renzo, vero? Lo avete arrestato?

Mattioli sospirò. Non aveva altri modi per darle la notizia.

– Il cadavere di suo marito è stato trovato questa mattina in una fabbrica abbandonata nella periferia est.

La donna spalancò gli occhi. Cercò conferma fissando il commissario, che annuí.

Eva rimase senza fiato. Mattioli attese che si riprendesse provando una pena che l'avrebbe intristito per il resto della giornata.

– Purtroppo non ci sono dubbi, – disse piano. – In tasca abbiamo rinvenuto la patente di guida. E questa, – disse, appoggiando la giocata del Lotto sul tavolo.

Eva la infilò in un cassetto con un gesto di stizza. – Fino all'ultimo, – mormorò. – Capace che si gioca a dadi con san Pietro l'ingresso in paradiso –. Poi fu interrotta da un pensiero che le aveva attraversato la mente. «Ma poi ce va lí uno come Renzo? Je ce vorrebbero un par de secoli in purgatorio, senza 'na donna».

Il commissario capí che Eva aveva perduto il contatto con la realtà.

– Gli altri effetti personali le verranno restituiti dopo l'autopsia.

– Che gli è successo? Un incidente?

– No, è stato vittima di un'aggressione.

– I Mascherano si sono vendicati.

– Anche su questo mi sembra ci siano pochi dubbi.

– Ma che bisogno c'era? Renzo era solo un poveraccio.

– In quel giro gli errori si pagano.

– E loro, i Mascherano, pagheranno?

– Farò il possibile per portarli di fronte a una corte d'assise, – promise il commissario. – Certo, se potessi contare su una denuncia nei confronti di Melody Mascherano e delle altre del suo gruppo, il mio compito sarebbe piú facile.

Ma Eva non lo ascoltava piú. Era persa nei suoi pensieri. Renzo assassinato! Non ci poteva credere, anche se ormai aveva intuito da un pezzo che avrebbe fatto una brutta fine.

– Ormai aveva oltrepassato il limite, e indietro non sarebbe piú tornato, – disse. – Il vizio del gioco lo aveva consumato dentro come un cancro, e la colpa è anche mia.

– Non dica cosí. Da quel poco che so, mi sembra che lei abbia fatto il possibile.

Eva fece di no con la testa. – Per troppo tempo ho finto di non vedere, ho dovuto trovarmi da sola contro gli strozzini per aprire gli occhi. Gli avevo pure lasciato gestire i conti della profumeria mentre lui stava attaccato alle slot. E ora...

Mattioli le prese una mano e la strinse forte. – Eva, la prego, non vada avanti con questi discorsi. Sono un poliziotto, non posso fingere di non sentire.

Lei si riprese. – Mi scusi, non volevo metterla in imbarazzo.

– L'aspetto oggi pomeriggio all'obitorio per il riconoscimento, – disse il commissario.

Le lasciò la mano, e a Eva dispiacque non sentire piú la sua stretta rassicurante e sincera.

Ksenia stava attaccando sulla porta il cartello che avvertiva la clientela della chiusura per lutto. Mattioli si limitò a un cenno del capo e salí in macchina, dove l'attendeva l'autista.

Eva si chiuse nel piccolo ufficio a piangere.

– Che facciamo? Non possiamo andare via cosí, – disse Luz.

– E invece sí. Deve piangere fino all'ultima lacrima: soltanto allora potremo esserle di conforto.

– A me non piace piangere da sola, lo sai.

– Ma era il suo uomo, e suo è il lutto.

Ksenia aveva ragione. Eva voleva stare sola. Sapeva che le amiche detestavano suo marito, e voleva versare le sue lacrime per i bei ricordi del fidanzamento e del matrimonio. Che, nonostante tutto, non erano affatto pochi. Nessun uomo l'avrebbe piú fatta ridere come Renzo.

Quando uscí con gli occhi gonfi, chiese come mai il negozio fosse vuoto.

– Per lutto, – rispose la colombiana. – Ho messo l'avviso.

– Toglilo, – ordinò. – È come se fosse morto un parente lontano, uno che hai frequentato per un periodo e poi è uscito dalla tua vita. Capite cosa voglio dire?

– Certo, – disse Ksenia, che strappò il cartello.

Eva chiese alla siberiana di accompagnarla all'obitorio.

– L'amore tuo è sudamericana e ha la lacrima facile, – spiegò con la massima schiettezza. – Tu invece sei freddina come tutti i russi, e poi per Renzo non frignerai mai.

– Mi fa piacere farti compagnia, – tagliò corto la siberiana. Ed era sincera. Preferiva andare lei. Sapeva che non erano i morti a fare impressione a Luz, visto che in Colombia aveva avuto modo di farci l'abitudine, ma lei era piú forte. Almeno in quel momento.

Il sovrintendente Matterazzo le attendeva all'entrata e le guidò nel labirinto di corridoi fino alla sala dove Mattioli stava confabulando con il medico legale per un altro caso. L'autopsia di Renzo Russo era programmata per il mattino seguente.

L'anatomopatologo si allontanò e il commissario appoggiò le mani sulle spalle di Eva con fare protettivo.

– Le devo chiedere di farsi forza, signora D'Angelo –. Il poliziotto chiuse gli occhi in cerca delle parole giuste, ma come al solito non le trovò. – È conciato male.

– Che gli hanno fatto? – chiese la vedova, a voce alta.

– Lei aspetti qui, – disse Mattioli rivolto a Ksenia.

Una manciata di secondi dopo si udí un urlo straziante. La siberiana spinse la porta e vide l'amica in ginocchio, di fianco a un lettino su cui giaceva un uomo con la faccia ridotta in poltiglia. Mattioli cercò di aiutarla ad alzarsi, ma Eva urlò ancora. Un grido di orrore. Ksenia si avvicinò e dovette fare uno sforzo per riconoscere Renzo.

– È lui, – disse in tono sicuro. – Vieni, torniamo a casa, – sussurrò poi a Eva, e la sorresse fino all'auto continuando a mormorarle parole di conforto. Non vedeva l'ora di allontanarsi da quel luogo dove i morti erano solo cadaveri, corpi straziati, frugati, sezionati. Scacciò dalla mente l'immagine del viso maciullato di Renzo e capí che non lo avrebbe dimenticato mai piú.

Eva abbassò il finestrino. Aveva bisogno d'aria, della sferzata del vento. Poco prima di arrivare a casa lo richiuse e si girò verso Ksenia.

– Renzo non lo volevo piú, ma non dovevano fare questo. Io i soldi glieli avevo restituiti, – disse con la voce incrinata. – E poi in quel modo. Hai visto? – Afferrò il braccio della siberiana. – Quanto deve avere sofferto?

– Tanto, troppo.

– Adesso voglio che paghino. E caro.
– Io ti aiuterò.
– Ma tu Renzo non lo potevi vedere.
– Questo non c'entra. Era l'uomo che amavi. È giusto che ti vendichi.
– Parliamo come du' matte, – considerò Eva, smarrita. – Ma nun me sembra de stare a di' stupidaggini.
– No, infatti.
– E allora presentiamo il conto ai Mascherano.
– Ci puoi giurare.
A casa, Ksenia l'aiutò a cambiarsi e a distendersi sul letto.
– Appena sto meglio, chiamo le pompe funebri, – disse Eva.
– Non c'è fretta. Hai sentito cosa ha detto il commissario, l'autopsia è domani.
Ksenia la baciò sulla guancia segnata dal rasoio. Un gesto voluto, per farle sapere quanto le voleva bene.
– Chissà che dirà adesso quella matta di Melody, – biascicò Eva.
La siberiana alzò le spalle. – Non ne ho idea. Ma ora non ci pensare, devi solo riposarti.
Melody invece era all'oscuro di tutto. Dall'altra parte della città, aveva appena riprovato a telefonare a Renzo.
Il cellulare di Russo squillava a vuoto nella tasca di Christian, che a ogni chiamata fissava il nome di Melody sul display, pazzo di rabbia.

Una decina di minuti piú tardi la siberiana entrò a passo deciso nella stanza che ospitava Sara a casa di Angelica Simmi. La giovane stava leggendo uno dei libri che le aveva passato Felix.
– Che succede?
– Renzo è stato ucciso.

Sara si mise seduta. – Mi dispiace, – balbettò.

– Gli hanno sfondato la faccia. Occhi e naso non esistono piú, le labbra penzolano attaccate a un filo di pelle e i denti sono tutti spezzati.

– Perché mi racconti queste cose? – si ribellò Sara.

– Perché ho promesso a Eva che l'aiuterò a vendicarsi, ma senza di te non siamo in grado di affrontare gli assassini.

– Guardami. Cosa credi che possa fare contro i Mascherano?

– Torna come eri un tempo. Voglio ascoltare quei discorsi terribili che mi facevano paura. Voglio rivedere sul tuo volto la soddisfazione per la sofferenza altrui.

– Allora non ti piacevo affatto, Ksenia.

– Però ti rispettavo. Ora mi fai pena.

Per Sara fu come ricevere uno schiaffo. Deglutí a fatica: – Mi sento responsabile di quello che è successo a Renzo.

– È stata colpa sua.

– Solo in parte.

– Che significa?

– Avevo capito dove voleva arrivare e l'ho lasciato fare. Sapevo che alla fine avrei reagito violentemente, ed era proprio quello che desideravo.

– Ma perché?

Sara allargò le braccia. – Potrei giustificarmi dicendo che ero ubriaca, ma non sarei sincera. La verità è che mi sono messa a giocare con la stupidità del primo maschio che mi è capitato a tiro, ma non era con Renzo che volevo regolare i conti.

Ksenia sospirò. – Lo racconterai a Eva?

– Quando troverò il coraggio. Intanto le darò una mano coi Mascherano, ma ho bisogno di tempo. E di aiuto, – ammise senza riuscire a nascondere la vergogna.

– Non ti mollerò fino a che non sarai tornata la guerriera che conoscevo.

Sara annuí. – Quando cominciamo?
– Subito dopo il funerale.

L'indomani mattina Serse Mascherano mandò a svegliare Melody.
– Vai a trovare tua madre in carcere.
– È successo qualcosa?
Il vecchio mentí, tenendola all'oscuro del ritrovamento del cadavere di Renzo Russo.
– Ha chiesto lei di incontrarti. Magari ha solo voglia di stare un po' con quell'ingrata di sua figlia, che se ne fotte e non si fa mai vedere.

Il carcere di Rebibbia ospitava la piú grande sezione femminile d'Europa. Il ministro si era unito al coro di proteste delle associazioni per la difesa dei diritti umani per le condizioni indegne determinate dal sovraffollamento, ma agli italiani dei problemi dei detenuti non poteva importare di meno. C'era la crisi e avevano altro per la testa.

Per Melody e per la cultura del clan, sbirri, tribunali e pene da scontare erano soltanto incidenti di percorso. Aveva accettato la lontananza dei genitori con il fatalismo che le era stato inculcato dalla nascita.

Per questo non andava volentieri a colloquio con la madre. Le sembrava di anticipare un destino ineluttabile, e comunque odiava essere perquisita dalle guardie carcerarie, frugata alla ricerca di droga e denaro.

Col padre, Cipriano, era ancora peggio. L'avevano sbattuto al Nord, allo speciale di Cuneo, e ci era andata una volta sola. Il viaggio l'aveva sfiancata e lui non aveva fatto che rimproverarla di non essere una brava figlia perché lo metteva in imbarazzo con zio Serse. E della mamma non aveva parlato mai. Quando il grande portone blindato si era richiuso alle sue spalle, Melody aveva giurato a sé stessa che non l'avrebbe piú rivisto.

Dopo una lunga fila per il controllo dei permessi e dei documenti d'identità, riuscí a entrare nel penitenziario e si sottopose ai controlli, insofferente a quell'odore di umanità, cibo e disinfettante che le avrebbe impregnato i vestiti. Trovò sua madre Anselma ad attenderla dall'altra parte di uno spesso vetro divisorio alto una cinquantina di centimetri. Per baciarla dovette allungarsi e alzarsi sulle punte dei piedi.

– Ciao, Melody.

Lei non rispose subito. Si soffermò a osservare la madre, con i capelli sempre piú grigi, le occhiaie scure, le labbra livide e il seno cascante. La galera l'aveva piegata come un giunco. Troppi anni dietro le sbarre.

– Ciao, mamma. Come stai?

– Lo hai già capito, come sto.

– Sono contenta di vederti.

– Io no.

– E perché? – domandò Melody sorpresa.

– Perché ti devo dare una brutta notizia, – disse piano la donna. – Zio Serse ha voluto che fossi io a dirti che quel Renzo con cui sei stata è morto.

Melody si accartocciò.

– Non adesso, – la pregò la madre. – Stai dritta e contieniti.

– Lo ha ammazzato Christian, – disse la figlia. – E l'ordine lo ha dato il vecchio.

– Lo so. Mi hanno detto di convincerti ad accettare che le cose non potevano andare diversamente.

– Non ho altra scelta. Zio non fa altro che minacciarmi di mettervi al bando dal clan.

– Non ti preoccupare per noi, – ribatté la madre. – Serse ci ha fregati tanti anni fa. Solo tuo padre non ha mai voluto aprire gli occhi.

– Cosa vuoi dire?

– Che abbiamo pagato per le colpe di altri nel clan, e alla fine, quando usciremo di galera, nessuno ci ringrazierà, – rispose con un tono carico di risentimento. – Siamo già in disgrazia.

Melody non era certa di aver capito. – Ma diventerò la moglie di Christian, che è il successore di Serse. Tutti vi dovranno mostrare rispetto.

Anselma fece segno di no con la testa. – La famiglia del tuo promesso sposo è responsabile della nostra rovina piú delle altre. Sarai solo la bella da esibire alle feste, ma non conterai mai niente.

– Perché non mi hai mai raccontato queste cose?

– Perché fino a oggi non ti è mai interessato nulla di me e di tuo padre. Non te ne faccio una colpa. Sei cresciuta all'ombra di Serse, che ci ha allontanati sempre di piú.

– E allora cosa devo fare, mamma?

La donna si strinse nelle spalle. – Non lo so. Ma mi piacerebbe saperti libera e lontana da quella gente.

Melody era turbata e sorpresa. – Da come parli sembra che non ti siano mai piaciuti.

Sul viso della donna apparve una smorfia di amarezza che la fece sembrare ancora piú vecchia. – Da giovane ero come te, scappavo sempre, ma alla fine il clan mi ha costretta a sposare tuo padre e mi sono fottuta la vita.

– Non lo amavi?

– Guardati, Melody. Sei bionda, hai la pelle che sembra porcellana... Ho dovuto accettare il matrimonio con il primo che Serse mi ha buttato fra le braccia perché aspettavo te.

– Eri incinta.

– Già.

– E chi è il mio vero padre?

– Mi spiace, figlia mia, ma per il tuo e il suo bene questo è un segreto che mi porterò nella tomba.

– Ho diritto di saperlo.

– No. Lo metteresti in pericolo, come è successo all'uomo di cui ti eri innamorata. L'unico diritto che hai è decidere se vuoi diventare la moglie di Christian e fare la mia fine o fuggire dai Mascherano e cercare di ricostruirti una vita.

– Si vendicheranno su di te.

– Non ti preoccupare. Non mi fanno piú paura.

– Zio Serse ha fretta, vuole fissare al piú presto la data del fidanzamento.

– Digli che fra due mesi rientrerò nei termini per ottenere un permesso per buona condotta, e che tu vuoi che almeno tua madre sia presente.

– Davvero potrai uscire?

– No. È solo una balla per farti guadagnare tempo –. La donna si rivolse all'agente che controllava il colloquio dall'interno di una guardiola. – Posso abbracciare mia figlia?

La poliziotta sbirciò la scheda personale della detenuta e annuí. Melody e la madre si abbracciarono tra le lacrime.

– Addio, vita mia. Ti auguro ogni fortuna.

– Addio, mamma. Ti chiedo perdono.

– Non è mai stata colpa tua. Della nostra infelicità dobbiamo ringraziare solo Serse Mascherano.

La ragazza uscí da Rebibbia con gli occhi gonfi di lacrime. Salí su un taxi e si fece portare in una pensioncina dalle parti della stazione Termini dove era stata con Renzo. Chiese la stessa camera e si chiuse dentro, al buio, seduta su una poltrona polverosa che odorava di fumo.

Era un giorno segnato dalla morte, dalla separazione e dalla verità. La notizia dell'assassinio di Renzo, l'addio a sua madre e la scoperta di essere figlia di un altro uomo, del quale non avrebbe potuto conoscere il nome e la storia. Mai aveva pensato che cose cosí dolorose e importanti potessero rivelarsi tutte insieme e nello stesso momento.

Melody era disperata e incapace di reagire. Era sola, come era sempre stata, del resto. Di volta in volta si era gettata fra le braccia di uomo, ma poi era puntualmente tornata da zio Serse e li aveva persi tutti. E le uniche donne che aveva frequentato erano quelle del clan, che odiava.

Non aveva un'amica con cui parlare. Il silenzio opprimente di quella stanza buia era l'immagine spietata di ciò che era diventata la sua vita.

Fu la paura di seguire lo stesso destino di sua madre a darle la forza per reagire. Giurò a sé stessa che avrebbe tentato la sorte, e mai e poi mai avrebbe accettato il volere dei Mascherano.

Lasciò la pensione nel tardo pomeriggio e un altro taxi la portò alla profumeria di Eva. C'erano diverse clienti, e né Eva né le sue socie si accorsero della sua presenza. Nel negozio si respirava un'aria strana, ovattata. L'indomani si sarebbero svolti i funerali di Renzo, e ognuna si comportava in modo estremamente composto, parlando a bassa voce.

– C'è una zingara che guarda dentro, – disse a un tratto una giovane signora che stava provando un rossetto.

Tutte si voltarono e videro Melody con le mani e la fronte appoggiate alla vetrina. Eva uscí dal bancone e si avvicinò. Restarono a fissarsi per qualche istante, separate dal vetro ma unite dal dolore per la morte di Renzo. Poi la ragazza si staccò e si allontanò, camminando lentamente.

– Come sta mamma? – chiese zia Esmeralda.

– Bene, – rispose Melody, fissando zio Serse dritto negli occhi. – Vi manda i suoi saluti –. Era tornata da poco e, come si aspettava, era stata convocata dal vecchio. – È molto contenta del fidanzamento e chiederà un permesso al giudice per poter essere presente alla festa.

Gli occhi del capoclan divennero due fessure.

– E quanto ci vuole per la risposta? – chiese diffidente.

– Un paio di mesi.

– Non di piú, vero?

– No.

– Allora fisso la data e prenoto il ristorante.

– Grazie, zio.

– Finalmente, – intervenne Esmeralda. – Cosí Serse potrà organizzare la festa che avrebbe fatto per i suoi figli, se il Signore ci avesse concesso la grazia di averne.

L'uomo fulminò la moglie con lo sguardo. Non voleva che si parlasse di quella faccenda, ma lei finse di non accorgersene. Era l'unica a non temere Serse Mascherano, anche perché sapeva che tra loro due quello sterile era proprio il marito.

– Perché non rimani a cena? – chiese la zia.

– Non può, – intervenne il vecchio. – La nostra Melody deve esercitarsi a suonare.

La ragazza annuí. Il messaggio era chiaro. Baciò Esmeralda e salí nel suo appartamento. Spalancò le finestre e suonò per intero il brano che l'ultima volta aveva lasciato a metà. Ora invece lo eseguí annunciando la sua totale sottomissione. Mentre deponeva lo strumento sentí una presenza alle sue spalle. Era lo zio.

– Non è che ti sei messa in testa di fottermi, vero? – domandò Serse.

– No. Perché lo pensi?

– Perché non hai fatto nessuna delle tue solite mattate, per la morte di Renzo Russo.

Melody respirò a fondo. – Mamma mi ha spiegato che non potevi fare a meno di dare l'ordine.

– Anselma te l'ha spiegato, ma tu l'hai capito?

– Sí.

Serse la fissò a lungo per cercare di capire quanto fosse sincera. Poi se ne andò senza dire una parola.

Eva versò nella bara il profumo che aveva scelto per Renzo dieci anni prima e che lui non aveva piú abbandonato. Non sopportava l'idea che quel corpo cosí curato dovesse subire il fetido scempio della decomposizione. Renzo doveva andarsene lasciando una scia di fragranza, come sempre aveva fatto.

Gli addetti delle pompe funebri, abituati alle piú bizzarre espressioni di commiato, la osservarono senza interesse, chiacchierando sottovoce. Infastidita, Eva rinunciò a gettare nella bara la ricevuta dell'ultima giocata di Renzo, quei tre numeri che riportavano la sua data di nascita, forse l'ultimo strampalato atto d'amore di suo marito.

Il momento piú straziante fu quando il coperchio venne calato sul feretro e sigillato con il cacciavite elettrico. Il funerale si svolse nella parrocchia del quartiere, non perché Renzo fosse credente, ma per non ridurre quell'addio a una squallida procedura burocratica. Almeno cosí aveva ragionato Eva finché il prete non si era messo a recitare un'omelia anonima, sbrigativa e priva di partecipazione cristiana, arrivando persino a storpiare il nome del defunto in Enzo, costringendola a prendere la parola per restituire un minimo di sincerità al funerale. Ma quando si ritrovò di fronte al microfono, l'emozione non l'aiutò a trovare le parole giuste per ricordare suo marito e rimase a lungo in silenzio, fissando il commissario Mattioli e le tre amiche sedute in prima fila.

– Renzo mio, nun meritavi de fa' 'sta brutta fine, – disse poi d'un fiato.

La sepoltura nel cimitero di Prima Porta fu ancora piú sbrigativa della funzione in chiesa. La bara fu sigillata in un loculo di marmo su cui Eva aveva fatto incidere, sotto il nome e le date, una semplice frase: «Giocò con la vita».

Appena furono di nuovo in città, la vedova chiese alle amiche di farla scendere dall'auto. Aveva bisogno di rimanere sola, di vagare senza una meta precisa.

Camminò a lungo per strade che non riconobbe finché si vide costretta a entrare in una tabaccheria per chiedere informazioni. Sulla soglia notò dei numeri, esposti a caratteri cubitali: 5, 3, 72. La sua data di nascita. I numeri di Renzo. Eva non aveva mai messo piede in una ricevitoria, né aveva giocato una sola volta in tutta la sua esistenza. Non solo per una legittima reazione al vizio del marito. Semplicemente non le interessava, non provava alcun brivido all'idea di tentare la sorte. Anche prima di conoscere Renzo temeva che forzare la sorte potesse portarle male, condizionare la sua felicità. A pensarci bene, la sua era una forma ancora piú sottile di superstizione. Fino a quando Renzo non si era fatto possedere dal demone del gioco, si era sempre ritenuta fortunata, o quantomeno soddisfatta delle cose cosí com'erano: era una donna piacevole, godeva di ottima salute, aveva un buon carattere e faceva un lavoro che la gratificava. Prima che suo marito la trascinasse con sé in quell'inferno, aveva condotto un'esistenza serena e soddisfacente.

Rimase incerta sull'uscio della ricevitoria, chiedendosi se a Renzo avrebbe fatto piacere che lei controllasse la giocata in suo onore. Non sapeva nemmeno come fare, perciò consegnò la ricevuta al titolare della tabaccheria.

– Signora cara, si tenga forte. Ha fatto l'acchiappo della vita, – disse l'uomo, nascondendo l'eccitazione dietro un'ostentata indolenza romanesca.

– Mi scusi, non ho capito bene. Sa, è la prima volta che gioco.

– Pure! Pensi che c'è gente che s'è giocata la camicia senza vincere mai.

– Sí, lo so, – rispose Eva con un tuffo al cuore.

– Eh, sapesse quanti ne ho visti.

– Sa dirmi quanto ho vinto? – tagliò corto Eva.

– Eh, qui ce vòle ’a calcolatrice. Comunque so’ tanti. Me faccia un po’ vede’... – Il tabaccaio fece due rapidi conti. – Circa novecentomila euri. Me cojoni!

Eva se lo fece ripetere. – Prego?

– Ottocentoquarantaseimila, per l’esattezza, – scandí il tabaccaio.

La donna scoppiò a piangere, non avrebbe saputo dire se di felicità o di tristezza per suo marito.

– Quanto me piacerebbe piagne’ come lei, signora mia, – chiosò il negoziante.

– E ora che devo fare? – domandò Eva, smarrita.

– Je tocca anna’ a via Campo Boario, all’agenzia della Lottomatica. Ma mejo si se presenta lilla lilla da un notaio de fiducia, in pieno anonimato, cosí nisuno le rompe li cojoni e co’ li sordi ce fa quello che je pare, senza amici e parenti ch’a vengono a trova’ co’ ’e pastarelle, magara a chiede’ ’n aiutino per il mutuo, p’a sòcera lungodegente e compagnia cantando. Me so’ spiegato?

– Sí, ho capito. La ringrazio.

Si incamminò verso la profumeria cercando di calmarsi e mettere ordine nei suoi pensieri. Su una cosa non poteva esserci dubbio: Renzo se n’era andato «alla grande», e questo cambiava il senso di tutta la sua vita e forse della sua morte. Che a maggior ragione andava risarcita, e vendicata.

Quattro

Due mesi dopo

Per rimettersi in sesto nel minor tempo possibile, Sara aveva stilato con l'aiuto di Ksenia un ferreo programma di training che comprendeva due ore di allenamento di prima mattina: jogging sulla micidiale salita che da Trastevere porta al Gianicolo, quindi corsa ed esercizi a Villa Pamphilj. Per darsi la carica aveva compilato sul suo iPod quella che aveva denominato «la playlist della rabbia», una gragnuola di rap romano: Colle der Fomento, Circolo Vizioso, Brokenspeakers. Si faceva trascinare da parole di fuoco come: «Io voglio 'na pistola | [...] la punto contro il sole poi vediamo se mi scalda ancora | la punto contro Roma [...] | la mia pistola ci ha la rabbia nel caricatore | la mia pistola spara la mia pistola è immaginaria | la odio tanto quanto è necessaria».

Ne aveva bisogno soprattutto negli ultimi trecento metri in salita di via Garibaldi, quando ogni giuntura si metteva a cigolare come le sartie di una barca a vela e Sara immaginava di sgretolarsi in tanti pezzi, di sputare sul marciapiede il cuore che pulsava all'impazzata. Allora le parole di Coez dei Circolo Vizioso le davano la forza di arrivare in cima: «Riprendo fiato, mi siedo sopra i forse e poi mi chiedo che ho sbagliato [...] | sole in faccia a una ragazza che sorride, penna e inchiostro, l'ago e il filo per cucire anche le tue ferite | è un'altra cicatrice, ce n'ho infinite nascoste sotto questa superficie...»

Poi si trasferiva in palestra accompagnata da Ksenia che, con l'inflessibilità di un allenatore sovietico, la costringeva a un'ora di esercizi per le braccia con pesi da un chilo e mezzo, addominali, flessioni, pertica e parete da free climbing.

Chiudeva la seduta mattutina con mezz'ora di kick boxing: Sara si piazzava al centro di quattro grossi sacchi pendenti dal soffitto e doveva colpire con un calcio o un pugno quello che Ksenia dall'esterno le muoveva contro.

La sera i dolori erano talmente forti che non riusciva nemmeno a rigirarsi nel letto e doveva dormire in posizione supina. Ma a poco a poco i muscoli profondi, ancora tonici, iniziarono ad avere la meglio sullo strato di adipe dovuto alla dieta alcolica degli ultimi mesi, e Sara cominciò a rinvigorirsi, a risvegliarsi dal torpore.

Una volta terminata la sessione mattutina, ingurgitava le «pozioni di Felix», sbobbe ricche di vitamine e integratori di cui solo il vecchio cubano conosceva il dosaggio. Eliminò il sale, sostituí lo zucchero con lo sciroppo d'agave e bevve acqua come un cammello.

Dopo un paio d'ore di riposo, aiutava Lourdes a fare i compiti prima di dedicarsi alla seduta pomeridiana a Villa Ada, dove poteva utilizzare un percorso ginnico all'aperto.

Dopo una lunga doccia calda e un massaggio delle mani esperte di Felix, si dedicava agli «esercizi dell'anima», che consistevano in intense conversazioni con Angelica alla quale finí per raccontare tutto ciò che le era accaduto, nel segreto della stanza buia.

«Butta fuori», le diceva Angelica mentre Sara versava fiumi di lacrime liberatorie.

La sera cenava sotto la supervisione di Felix e andava a dormire presto, dopo avere letto qualche pagina di quello che il cubano considerava «il libro dei libri», *I miserabili* di Victor Hugo, una portentosa storia di riscatto e redenzione a cui Sara, superata l'iniziale diffidenza, si appassionò tanto da prendere appunti.

Di nascosto, cominciò a recarsi al poligono di tiro per ritrovare non tanto la mira, quanto il coraggio di impugnare una pistola. Un conto era vendicare un torto, altra cosa cercare di riparare a un errore. La vendetta di cui si era nutrita per anni era qualcosa di profondamente suo, talmente intimo che era riuscita a tenerlo segreto per una vita. Vi si era votata come a una religione, sul cui altare aveva sacrificato sentimenti come l'amore e l'amicizia. Aveva cesellato l'odio, plasmato la rabbia per ottenere la vendetta perfetta. Ora, invece, non aveva chiaro quale fosse la molla, l'ispirazione che la muoveva. La gratitudine, l'affetto, il senso di colpa erano sentimenti nobili ma deboli, se confrontati all'odio.

Quella mattina, mentre forzava sugli addominali, si accorse che Ksenia stava sorridendo. Era la prima volta da quando aveva cominciato ad allenarsi.

– Che c'è?

– Niente, – rispose la siberiana con un'espressione enigmatica.

– Che c'è? – tornò a chiedere.

Ksenia le porse la mano per aiutarla ad alzarsi e la condusse davanti al grande specchio della palestra.

– Guardati, – disse con un'espressione soddisfatta.

Sara vide riflessa l'immagine di una bella ragazza magra, tonica, dallo sguardo determinato.

Stava bene, era concentrata, pronta all'azione. Ma avrebbe ritrovato quella rabbia, quella voglia di far male necessaria ad affrontare gente del calibro dei Mascherano? La pistola dei Brokenspeakers era immaginaria, la sua era reale e sparava colpi veri, e letali.

Ksenia non sembrava avere dubbi al riguardo.

– Sei pronta. Bentornata, Sara.

Seguendo il consiglio di sua madre, Melody aveva guadagnato tempo, ma alla festa di fidanzamento mancavano soltanto pochi giorni. Le settimane erano corse veloci e lei si sentiva perduta. Zio Serse aveva iniziato a fidarsi un po' di piú e la mandava a suonare davanti ai negozi.

Anche le donne del clan erano piú rilassate nei suoi confronti. Fidanzamento e matrimonio l'avrebbero costretta a diventare una di loro. Christian era un vero Mascherano nonché probabile successore del capo, e faceva di tutto perché la sua gente ne fosse ogni giorno piú convinta. Era sempre il piú attento ad accontentare i desideri dello zio e il piú zelante nel far prosperare gli affari.

Ma Christian in realtà covava una rabbia che lo teneva sveglio la notte. L'insofferente ostilità di Melody nei suoi confronti lo stava facendo uscire di senno. Era stato un errore farle sapere che aveva ammazzato quell'infame di Renzo Russo con le sue mani. Lui era certo che fosse il modo migliore per farle chinare la testa e accettare il suo amore. Ma la sua futura sposa lo odiava con tutte le forze, e ogni volta che si incontravano le sue labbra si arricciavano in una smorfia di disprezzo.

Una mattina si alzò e si impose di ragionare con calma. Una soluzione andava trovata prima che il clan festeggiasse la promessa di matrimonio. Alla seconda tazzina di caffè e alla terza sigaretta, quella soluzione si materializzò nella sua mente. Si chiese perché non ci avesse pensato prima. Andò a bussare alla porta di zio Serse e gli espose problema e soluzione. Con la sua benedizione salí le scale, diretto all'appartamento di Melody.

– Cosa vuoi? – chiese la ragazza, insofferente come sempre.

Lui la spinse da parte ed entrò. Melody lo seguí protestando. – Non ti ho invitato, vattene!

Christian si girò di scatto e l'afferrò per le braccia. – Questa è casa mia.

– Non ancora. Fino al giorno del matrimonio devi chiedere il permesso. Cosa sei venuto a fare?

Christian la guardò con quegli occhi che sembravano tizzoni ardenti. Era un bel ragazzo, eppure c'era qualcosa di repellente in lui. A vent'anni puzzava già di morte.

– L'amore, – rispose.

Lei impallidí e iniziò a divincolarsi. – Vattene o chiamo zio Serse.

– Ho la sua benedizione.

– Non è possibile. Solo la prima notte di nozze mi puoi toccare.

– Se fossi vergine. Ma non lo sei, visto che ti sei fatta chiavare da quel coglione. E allora posso prenderti quando voglio.

Melody cercò di graffiargli la faccia e lui reagí con un pugno che la fece barcollare.

Ne approfittò per spingerla sul letto e saltarle addosso. Le sollevò la minigonna e le strappò le mutandine. Tenendola ferma con una mano, si sbottonò la patta dei jeans. Melody lottava con tutte le sue forze ma lui la costrinse a girarsi torcendole un braccio dietro la schiena, e la prese da dietro. Melody gridò di dolore ma non si rassegnò e allungò le mani verso il comodino dove teneva il rasoio. Christian la trattenne. Era troppo forte. Le venne dentro con un grugnito, sancendo il suo potere su di lei, il diritto di proprietà conquistato sul campo con il massacro di Renzo Russo. Il marchio dello stallone sulla puledra, secondo i dettami di Serse Mascherano.

– Ciao, amore. Ti vengo a trovare presto, – ghignò chiudendo la lampo dei jeans mentre usciva dalla stanza.

Melody rimase prona sul letto con gli occhi sbarrati, sopraffatta dall'umiliazione.

Diverse ore piú tardi si decise ad affrontare lo zio. Lo trovò che leggeva il giornale in compagnia di Esmeralda.

– È vero che hai dato il permesso a Christian di violentarmi?

Il vecchio scambiò un'occhiata divertita con la moglie.

– Che parola grossa! Fai sempre una tragedia per tutto.

– Allora è vero, sei stato tu.

– Sí. Sei sua e lui è giovane, e non deve essere costretto ad andare a puttane per togliersi la voglia.

– E non poteva tenere il cazzo nei pantaloni fino al giorno del matrimonio?

Questa volta fu zia Esmeralda a rispondere.

– Era un pezzo che un uomo non ti prendeva, e tu sei una di quelle che senza non ci sanno stare.

– E che significa?

– Che stare senza ti fa diventare strana, combini guai, ti dimentichi chi sei e vai a caccia di maschi fuori dalla famiglia.

Melody era inorridita. Zio Serse chiuse la discussione con un gesto della mano.

– Da domani lavorerai come tutte le altre.

Esmeralda si diede una manata sulla coscia.

– Ti sei deciso, finalmente! – sbottò rivolta al marito. – L'abbiamo finita una volta per tutte con 'sta storia della principessina.

Il vecchio non rispose e tornò a concentrarsi nella lettura del quotidiano.

Melody scivolò fuori dal salotto con la morte nel cuore.

L'indomani uscí presto in compagnia di altre quattro ragazze. Finse di essere contenta e orgogliosa di iniziare finalmente a «lavorare» e si lasciò coinvolgere nelle chiacchiere e nei pettegolezzi. Appena uscito dall'enclave dei Mascherano, il gruppetto venne inquadrato negli obiettivi degli uomini dell'anticrimine, che sorvegliavano la zona.

Un ispettore avvertí Mattioli. – Abbiamo identificato Melody Mascherano.

– È sola?

– No, sta con altre del clan. Le conosciamo, vanno a riscuotere il pizzo.

– Arrivo, – disse il commissario prima di riattaccare. Poi si rivolse a Matterazzo. – Diamo il via all'operazione.

Le ragazze raggiunsero in autobus un piccolo centro commerciale. Iniziarono a riscuotere la rata settimanale della protezione con grande tranquillità e senza mai guardarsi alle spalle. Per loro non era che routine. Erano cosí convinte che gli uomini del clan avessero terrorizzato a dovere i negozianti e talmente abituate all'impunità, che l'idea di essere controllate dalle forze dell'ordine non le sfiorava. Per questo non si accorsero degli agenti che le pedinavano e tantomeno delle volanti che si erano piazzate in prossimità degli ingressi.

Melody conosceva bene il posto perché zio Serse l'aveva inviata piú volte a fare le «serenate» ai negozianti piú testardi. Si teneva leggermente staccata dalle altre ma poi toccò anche a lei riscuotere in un paio di esercizi. Il primo era un parrucchiere, e il gestore le allungò il denaro davanti alle clienti come se fosse carità; il secondo un negozio di giocattoli, deserto nonostante i cartelli che annunciavano l'ennesima supersvendita.

– Mi ricordo di te, – disse il padrone, contando lentamente un mazzetto di banconote da cinque euro. – Ti sei messa qui davanti a suonare la fisarmonica.

La ragazza chinò il capo. Avrebbe voluto essere da un'altra parte.

– Sei famosa qui in zona, – continuò il negoziante. – Sei quella che fa piú paura di tutti.

Lei alzò il capo di scatto. – Non faccio del male a nessuno, – si ribellò.

L'uomo la fissò sorpreso. Poi si leccò il pollice e continuò a contare. – Tra un po' cesso l'attività, – annunciò. – Gli unici a non essersi accorti della crisi siete voi Mascherano.

Melody infilò il denaro in una tasca interna del giubbotto. – Non me ne intendo di queste cose.

– Tutti gli altri hanno abbassato le pretese, voi invece le avete addirittura aumentate. Comunque una volta o l'altra succederà che verrete qui e il negozio non ci sarà piú.

Lei fece un passo per andarsene ma il commerciante la prese per un braccio. – Tra voi e il governo m'avete ripulito.

Melody si divincolò. – Non ci posso fare niente.

– E so' diventato cattivo. Una volta nun ero cosí, – continuò imperterrito il proprietario. – Contro i politici nun posso fa' gnente, ma contro de voi posso prega' tutte le sere. E ogni sera chiedo a Nostro Signore che co' li sordi mia ve dovete compra' tutte medicine, pe' curàvve della malattia piú teribbile.

Melody uscí di corsa. Come tutti i Mascherano, era superstiziosa e abituata a prendere sul serio le maledizioni. Ma soprattutto provava pena per quell'uomo e per sé, entrambi vittime del clan.

Mafalda, la piú giovane del gruppo, le venne incontro mostrandole una camicetta ancora confezionata. – Non ha soldi, ci sta pagando con la merce, – disse indicando un negozio.

– Zio Serse non vuole.

– E mica glielo diciamo. Tanto quel cojone una ripassata se la piglia lo stesso.

Si fermarono al bar del pianoterra a mangiare un trancio di pizza. Le altre erano allegre. Melody fingeva di esserlo. In realtà stava pensando che in un modo o nell'altro tutto sarebbe finito presto.

Quando uscirono si trovarono circondate da alcune volanti della polizia. Alle loro spalle spuntarono due tizi in borghese. Il piú vecchio mostrò il distintivo. – Vi portiamo in questura per un controllo.

– Che abbiamo fatto?

Mattioli decise di farle arrabbiare. – Accattonaggio e vagabondaggio.

Divennero delle furie e si scagliarono contro gli agenti, gridando insulti. I poliziotti dovettero ammanettarle e il commissario, serafico, aggiunse l'imputazione di resistenza e oltraggio a pubblico ufficiale.

Una volta in questura, il gruppo venne diviso. Melody, l'unica a non essere stata mai schedata, era in preda a un misto di vergogna e paura. Il sovrintendente Matterazzo attese che venisse identificata e fotografata. Le porse un fazzolettino di carta per pulirsi le dita sporche di inchiostro. – Vieni con me, – disse prendendola sottobraccio.

Percorsero un corridoio lungo il quale si affacciavano diverse stanze, dove vide le altre ragazze sotto interrogatorio. Quando il poliziotto la fece entrare in un ufficio e si trovò davanti Eva che parlava col commissario, la paura prese il sopravvento. Si convinse che sarebbe finita in galera per aver sfregiato la sua ex rivale in amore, ma Mattioli la tranquillizzò.

– Abbiamo messo in piedi tutto 'sto circo per poter parlare senza insospettire lo zio Serse, – spiegò indicandole una sedia. – Abbiamo bisogno di informazioni sull'omicidio di Renzo Russo.

– Non ho niente da dirvi, – reagí Melody in tono duro.

– Ti prego, – supplicò Eva. – Se lo hai amato davvero aiuta il commissario a punire i responsabili. Devono pagare. Vedessi che gli hanno fatto.

La ragazza iniziò a piangere piano. – Non posso. Devo fare a modo mio.

– Ma perché? – intervenne il commissario. – Noi possiamo proteggerti, aiutarti a ricostruirti una vita.

Melody spazzò l'aria con un gesto deciso. – Sono in debito con lei, – disse indicando Eva. – E se me lo chiede le racconterò di suo marito, ma non testimonierò mai contro i Mascherano.

– Non lo vuoi vendicare? – sbottò Eva.

– I conti da saldare con il clan non riguardano solo Renzo, e proprio perché mi voglio vendicare devo seguire un'altra strada –. La ragazza si asciugò le lacrime con il polsino. – Zio Serse sta organizzando una grande festa per il mio fidanzamento. Tra una settimana diventerò la promessa sposa di Christian.

– E tu lo ami?

– Come potrei? È l'assassino di Renzo.

Nella stanza calò un silenzio carico di tensione. Mattioli scambiò un'occhiata con Matterazzo e prese in mano la situazione.

– Facciamo cosí, – disse. – Tu saldi il debito con la signora D'Angelo e le racconti quello che sai sull'omicidio del marito. E noi ci limitiamo ad ascoltare. Non ti chiederemo nulla e potrai uscire da quella porta senza nessuna conseguenza.

– Dov'è la fregatura?

– Non c'è, – si spazientí il commissario. – E devi ringraziare la signora D'Angelo se ti stiamo trattando con tutti i riguardi. Lo sappiamo che sei stata tu a sfregiarla con il rasoio che ti abbiamo sequestrato, e se fosse per me ti avrei già sbattuto in galera.

La ragazza guardò Eva, che annuí. – Ti puoi fidare.

E cosí Melody raccontò come Renzo fosse caduto nella trappola e accusò Christian, Moreno e Altero di essere gli esecutori materiali, con zio Serse come mandante. Non aggiunse altro, né sul clan né su sé stessa.

– E lo hanno massacrato cosí per ventimila euro?

La ragazza mentí. Non voleva far sapere a Eva che Renzo con il suo tradimento aveva causato la morte di un ragazzo. – Christian era geloso, ha perso la testa. Almeno, cosí mi ha detto lo zio.

Mattioli prese un album fotografico. – Conosco Christian ma non gli altri due. Ce li puoi indicare?

Lei sfogliò le pagine e li identificò con sicurezza. – Adesso posso andare?

– Matterazzo, accompagnala, – ordinò il commissario in tono secco.

Melody si alzò. Era stordita e si sentiva stranamente affaticata, come se confidarsi l'avesse svuotata di ogni forza. Anche Eva era provata. Scoprire che l'ultima cosa che aveva fatto il marito era stata incontrare un'altra donna l'aveva fatta soffrire.

– L'ho seppellito io, – le ricordò.

La ragazza annuí. – Lo so. Ecco perché sarà tuo per sempre.

Quando rimasero soli, Mattioli ringraziò Eva. – Se lei non fosse stata presente, Melody avrebbe fatto scena muta.

– Queste informazioni le saranno utili?

– Mi permettono di circoscrivere le indagini e di orientarle nel verso giusto, ma senza una testimonianza non è detto che vadano a buon fine.

– Chissà che ha in testa, quella ragazza. Tutto quel discorso che deve fare a modo suo non mi è piaciuto per niente.

– Nemmeno a me, e non mi aspetto nulla di buono. Se non sbattiamo in galera in fretta Serse e i suoi sicari, Melody rischia di cacciarsi seriamente nei guai.

Matterazzo accompagnò la ragazza fino all'uscita. – Ti conviene tornare a casa. Le altre le rilasciamo domani mattina.

Melody si allontanò ma senza una meta precisa. Non aveva nessuna fretta di essere interrogata da zio Serse. L'intero clan doveva essere già mobilitato per scoprire il motivo del fermo delle ragazze.

Quando avvertí la stanchezza entrò in un bar. Aveva sete e il desiderio di mangiare qualcosa di dolce. Scelse un tavolino defilato dove venne servita da un cameriere giovane e carino che fece di tutto per essere notato. Lo ignorò. Per come si sentiva, era certa che anche in futuro non avrebbe piú voluto saperne, di uomini. Lo stupro subito da Christian aveva cambiato tutto. Mentre la rasoiata che aveva inferto a Eva si era ridotta a una linea chiara e sottile su una guancia, la ferita che le aveva inferto Christian non si sarebbe piú rimarginata, pulsava dentro di lei. Zia Esmeralda e zio Serse le avevano riso in faccia, e da quel momento aveva capito cosa significasse odiare.

Una giovane donna si sedette davanti a lei. – Non vedi che il tavolo è occupato? – ringhiò Melody.

– Ti ho seguita da quando sei uscita dalla questura, – disse la sconosciuta.

– Sono stanca di parlare con gli sbirri.

– Io non sono uno sbirro.

– E chi sei, allora?

– Mi chiamo Sara e sono un'amica di Eva. Mi ha chiamata mentre ti pedinavo e mi ha raccontato della vostra bella chiacchierata.

– E cosa vuoi da me, Sara amica di Eva? – chiese in tono provocatorio.

– Ti ho portato un regalo, – disse Sara, consegnandole una scatola rettangolare avvolta in un'elegante carta da pacchi rossa.

Con un gesto secco Melody strappò la carta, e si trovò fra le mani un rasoio nuovo di zecca.

– Immaginavo che te lo avrebbero sequestrato, – disse Sara.

La ragazza ammirò la lama ben temprata e il manico di ebano cesellato, e guardò la donna con altri occhi. – Sul serio, cosa vuoi?

– Giustizia o vendetta. A volte non c'è nessuna differenza.

Zio Serse era furibondo. L'avvocato che aveva spedito in questura non riusciva a sapere nulla di preciso, il vecchio temeva che qualche negoziante avesse deciso di collaborare con la polizia e che le ragazze fossero state arrestate per il reato di estorsione. A pochi giorni dal fidanzamento di Melody, sarebbe stata una iattura che avrebbe fatto calare un velo di tristezza su un momento cosí importante per il clan.

Esasperato, chiese alla nipote come mai avessero rilasciato soltanto lei.

– Te l'ho già spiegato, – sbuffò Melody. – Il commissario ha detto che mi lasciava andare perché era la prima volta che venivo fermata.

– È stato isso in persona a dirtelo?

– Sí.

– Il commissario Mattioli.

– Esatto.

Il vecchio cercava di mettere insieme i pezzi, e il fatto che proprio il commissario si fosse preso la briga di interrogare l'unica novizia del gruppo lo insospettiva. Di solito gli sbirri non si comportavano cosí.

Melody era sulle spine. Si era pentita di aver raccontato di Mattioli perché la diffidenza di Serse Mascherano era proverbiale. Ma ormai era troppo tardi per rimangiarsi tutto, e il ricordo del dialogo con il proprietario del negozio di giocattoli le suggerí una menzogna plausibile.

– Il poliziotto mi ha detto che i negozianti mi conoscono. A quanto pare sono quella che fa piú paura di tutti.

– E pecché?

– Per le «serenate».

Il vecchio ci cascò al punto di elaborare una teoria secondo la quale l'indagine partiva proprio da Melody. Questo spiegava anche la coincidenza che fosse stata fermata proprio alla sua prima uscita in gruppo.

– Dobbiamo dire addio alla tradizione delle sonatine davanti a li negozi, – sentenziò all'indirizzo di Christian, che fino a quel momento era stato zitto e buono ad ascoltare temendo l'ira del capo, dato che il centro commerciale era sotto il suo controllo. Già si era preso una lavata di capo perché le donne erano uscite senza la scorta di un paio di ragazzi in scooter che avrebbero potuto avvertirle della presenza degli sbirri, e ora temeva seriamente di essere preso a schiaffi di fronte alla sua futura sposa.

In effetti Serse lo avrebbe fatto volentieri e faticava a controllarsi, ma non voleva minare l'autorità del ragazzo. Con un gesto annunciò che il colloquio era terminato.

– Ti accompagno, – disse Christian alla futura sposa.

Lei annuí con un sorriso tirato. Salirono le scale in silenzio. Melody sentiva il suo sguardo, il suo respiro, il suo desiderio.

– Vuoi un caffè? – chiese dirigendosi in cucina.

– Voglio te.

Lei si girò di scatto, la mano stretta attorno al manico del rasoio. Si appoggiò la lama alla gola. – Se mi tocchi prima del matrimonio sposerai un cadavere.

Il ragazzo arretrò di un passo e allargò le braccia. – Quante storie per una scopata. E poi non ci credo che hai il coraggio di ammazzarti.

– Davvero? Allora prendimi.

Il tono era cosí fermo che Christian preferí lasciar perdere. Anche se si fosse procurata un innocuo graffio, zio Serse se la sarebbe presa con lui. – Posso aspettare, – disse in tono di sfida.

– Bravo. Ora vattene.

– La prima notte sarà indimenticabile, amore mio, – sussurrò con la voce resa roca dalla rabbia.

– Non vedo l'ora.

– E adesso vado a sollazzarmi il cazzo con una donna vera.

– Divertiti.

Il ragazzo scese le scale di corsa, con una fastidiosa erezione e l'orgoglio ferito. Una miscela esplosiva in un giovane violento.

Salí in macchina e si diresse nella zona dove le prostitute nigeriane battevano giorno e notte. Ci andava di nascosto perché scopare le negre era vietato nel clan Mascherano, anche se erano puttane.

Scelse la piú giovane. Era bruttina e impacciata, non ci sapeva proprio fare. Doveva essere sulla strada da poco. Christian guidò fino a un campo poco lontano, le mise in mano una manciata di soldi e la prese da dietro. Ma venne subito e diede la colpa alla ragazza. La afferrò per i capelli e le sbatté la testa sul cofano. La nigeriana, terrorizzata, fuggí gridando. Non aveva ancora abbastanza esperienza per sapere che con i cani feroci bisognava rimanere immobili, perché correre significava diventare automaticamente una preda.

Christian la raggiunse, la spinse a terra e si mise a cavalcioni per immobilizzarla. Mentre prendeva dalla tasca il tirapugni controllò che la zona fosse deserta, poi iniziò a colpirla al volto.

Sara entrò in punta di piedi nella stanza di Angelica. Voleva assicurarsi che non stesse dormendo.

– Vieni, cara, sono sveglia.

– Come stai?

– Come stai tu, piuttosto. Sei rifiorita, ragazza mia.

– Anche grazie a te. Ti devo molto.

– Diciamo che ci siamo fatte compagnia e siamo diventate buone amiche.

– Già. Come dice Victor Hugo, la solitudine è l'inferno.

– Vedo che Felix ti ha contagiato.

Sara sorrise: – E pensare che mi stava antipatico –. Sospirò. – Devo chiederti un favore, – disse con evidente imbarazzo. – Ormai sono in grado di badare a me stessa, però mi piacerebbe continuare a stare qui con voi.

– Questa per me è soltanto una bella notizia. Qual è il problema?

– Il fatto è che sto per tornare a essere quella di un tempo.

– Intendi dire che pensi di dare la caccia ai cattivi con i tuoi metodi a dir poco discutibili?

– Sí.

– Gli assassini di Renzo?

– Eva confonde vendetta e giustizia. Pensa che dobbiamo aiutare Mattioli a mettere in galera i Mascherano.

– E cosa c'è di sbagliato?

– All'apparenza nulla, ma non è cosí semplice. In questa storia si sono intrecciati i destini di altre vittime e la legge non è sufficiente a dare loro giustizia.

– Quindi agirai a sua insaputa?

– Sí.

– Non sono d'accordo e spero che cambierai idea, ma a casa mia sarai sempre la benvenuta.

– Grazie. Qui sto molto bene, ma non è il solo motivo. Ormai mi sento parte di questa strana famiglia che mi ha accolta e mi ha salvata.

Angelica rimase in silenzio.

Quando Sara si era convinta che fosse scivolata nel sonno o che non avesse piú la forza di parlare, la sentí sussurrare: – Misura le forze e cerca di non superare il limite. Potresti non tornare piú fra i vivi.

Rimasero in silenzio per qualche minuto. Poi Sara andò alla profumeria.

Mancava poco meno di mezz'ora alla chiusura serale ma una cliente aveva voluto festeggiare il compleanno portando spumante e pasticcini da *Vanità*. Sara si uní alla festicciola. Venne presentata come una cara amica e non poté fare a meno di chiedersi se le care amiche si comportassero come stava facendo lei. Le era sembrata una faccenda lineare da gestire fino a quando non era entrata in scena Melody. Nel momento in cui le aveva confidato di essere stata stuprata da Christian, l'assassino di Renzo, il suo modo di vedere le cose era tornato quello di un tempo.

Il giorno seguente Mattioli e il sovrintendente Matterazzo si recarono verso l'ora di pranzo a Villa Pagana, una residenza immersa in un parco di solito utilizzata dall'élite della capitale per banchetti e convention.

– Se ci vengo con la famiglia non mi basta mezzo stipendio, – esagerò ma non troppo Matterazzo.

– Perciò pago io. Con quello che prendo da commissario, qui ci posso venire tutti i giorni.

– Ma come? Pensavo lo mettesse in nota spese.

– Troppe scartoffie. E poi non mi capita quasi mai, di mangiare fuori. Nemmeno con mia moglie ormai riesco piú a uscire.

Chiacchierarono di stipendi e famiglie senza mai smettere di studiare l'ambiente.

Dopo aver pagato il conto, il commissario chiese al cameriere di poter parlare con il proprietario. Qualche minuto piú tardi si presentò un sessantenne che i poliziotti avevano già individuato.

– Posso offrirvi qualcosa? – domandò dopo che i due clienti si furono qualificati.

– No, grazie, – rispose Mattioli. – Abbiamo appena finito di pranzare, e molto bene, fra l'altro. La prego di fare i miei complimenti al cuoco.

– Senz'altro, ma mi spiace non aver saputo prima che eravate della mobile. Qui facciamo sempre un trattamento di favore alle forze dell'ordine.

Il commissario sospirò infastidito e andò dritto al punto: – Com'è che ha deciso di ospitare una festa di fidanzamento del clan Mascherano?

L'uomo impallidí. – E che dovevo fare? Gli ho presentato un preventivo da farlo svenire, ero sicuro che sarebbero scappati, e invece il vecchio che è venuto insieme allo sposo...

– Serse Mascherano, – puntualizzò Matterazzo.

– Proprio lui. Sa che ha fatto? Ha rilanciato. Dice che vuole una festa faraonica: addobbi floreali, centinaia di palloncini rossi a forma di cuore, tovaglie di lino, candele decorative, bomboniere di marmo. Menu da dieci portate con frutti di mare, pesce di prima qualità fatto venire dalla Sicilia, trionfi di frutta fresca e una torta di cinque piani. Mi creda, dovrà svaligiare una banca: si fa per dire, naturalmente.

– Naturalmente. Immagino che pagherà in contanti. L'anticipo come lo ha versato?

Il ristoratore tergiversò. – In questo momento non glielo so dire, non me ne sono occupato direttamente.

Mattioli gli mise una mano sul braccio. – Si tranquillizzi. Non siamo qui per ficcare il naso nella contabilità.

– No? E allora non capisco l'interesse per questa festa.

Il commissario roteò l'indice per indicare il locale. – Noi verremo la notte prima e piazzeremo telecamere e microfoni.

– Ma non è pericoloso? Se lo scoprono si vendicheranno su di me.

– Non accadrà. A parte lei e la sua vigilanza notturna, nessuno sarà al corrente dell'operazione.

Il proprietario guardò i poliziotti mordendosi il labbro.

– Guardate, io sono sempre stato dalla parte della legge, ma se devo essere sincero, preferirei evitare questa situazione.

– Per noi è un'occasione unica, – spiegò Mattioli in tono severo. – E poi le conviene collaborare, perché forse non lo sa, ma i Mascherano non sono abituati a pagare i debiti. Dovrà accontentarsi della caparra e poi verranno a chiederle il pizzo.

– Magari lo paga già a qualche altra banda, – intervenne il sovrintendente.

– È cosí? – incalzò il commissario.

– No, – rispose secco il ristoratore, alzandosi. – Vi aspetto venerdí notte.

– Ecco un bravo cittadino che non vedeva l'ora di collaborare con la polizia, – scherzò Matterazzo.

– Certo che il vecchio Serse si è messo in testa di fare le cose in grande. È la prima volta che i Mascherano organizzano una festa in un posto cosí lussuoso.

– E noi ce la godremo in diretta.

– Nella speranza di cogliere qualche frase compromettente. Mangiare e bere bene scioglie la lingua.

Attraversando la grande sala da pranzo, i poliziotti sorrisero a una giovane signora, avvenente ed elegante, che pranzava da sola.

Sara ricambiò con un sussiegoso cenno del capo mentre, non senza preoccupazione, si domandava cosa stesse macchinando il commissario.

Tornando verso la questura, Mattioli ricevette una telefonata dall'istituto di medicina legale.

– Sono Zanuppelli. Ho un cadavere che devi vedere.

– Ho appena mangiato.

– Sbrigati, tra un po' devo iniziare l'autopsia.

Matterazzo si rifiutò di entrare. – L'aspetto qui.

Il cadavere era nudo e steso sul tavolo settorio: il viso era devastato, una massa informe di sangue, ossa e brandelli di carne.

– L'hanno trovata sul bordo di una stradina di campagna. Cosí come la vedi. Né indumenti né altri oggetti. Speriamo che fosse schedata, altrimenti sarà difficile identificarla, – disse l'anatomopatologo. – Da un primo esame risulta che era una prostituta, probabilmente nigeriana.

Mattioli gli rivolse un'occhiata interrogativa. – E io che c'entro? Il caso è di competenza della omicidi.

– Secondo me è tuo, invece, – ribatté il medico. Indicò il volto. – Ti ricorda niente?

– Il caso Russo.

– Esatto. La dinamica omicidiaria è la stessa.

– Ma quel delitto era stato commesso dai Mascherano con un movente specifico. Sappiamo con certezza che vi hanno partecipato piú persone, quantomeno al sequestro della vittima. Cosa poteva avere a che fare questa povera ragazza con il clan, per meritare lo stesso trattamento?

– Lo ignoro ed è affar tuo scoprirlo. Quello che ti posso dire è che il delitto è stato commesso in un luogo diverso da dove è stato ritrovato il corpo, e che la ragazza è stata trasportata avvolgendole la testa in modo che il sangue non colasse. Esattamente come hanno fatto con il cadavere di Renzo Russo. Non credo si tratti di una coincidenza.

– A questo punto nemmeno io. Insomma, abbiamo un affiliato ai Mascherano che uccide per dovere e per piacere, – ragionò, guardando quello che restava del viso della giovane.

– E l'abbiamo scoperto per pura combinazione. Se il caso fosse stato assegnato a un collega, nessuno avrebbe collegato gli omicidi.

Arrivò l'assistente di Zanuppelli per l'autopsia. – Ti farò avere il referto appena possibile, – tagliò corto l'anatomopatologo.

– Allora? – chiese Matterazzo quando Mattioli uscí dal portone.

– Pare che il nostro Christian abbia massacrato una prostituta nigeriana.

– Pare?

– Non ci sono ancora le prove, ma le analogie con l'omicidio Russo suggeriscono che la mano sia la stessa.

– Lo andiamo a prendere e lo interroghiamo?

– No, non voglio rischiare di insospettire il vecchio Serse. Piuttosto dobbiamo trovare il modo di farlo sapere a Melody: potrebbe essere l'argomento giusto per farla passare definitivamente dalla nostra parte.

– Non sarà facile e il tempo stringe.

– Forse ho un'idea.

Un paio d'ore piú tardi il commissario Mattioli faceva il suo ingresso da *Vanità*. Al bancone c'era solo Ksenia. Luz stava con la figlia ed Eva nel retrobottega, a riordinare il magazzino.

La siberiana lo salutò con aria diffidente.

– Signorina Semënova, ogni volta che ci incontriamo lei mi guarda con una tale faccia! – scherzò. – I poliziotti non le piacciono per nulla.

Ksenia arrossí. – Sono abituata a quelli del mio paese.

Mattioli la tolse dall'imbarazzo. – Dovrei parlare con la signora D'Angelo.

Lei indicò la porta. – È di là, vada pure. Sta sistemando la merce appena arrivata.

Eva non avvertí la sua presenza, ma quando si girò e lui le fu davanti sorrise, sorpresa e contenta di vederlo.

– Mi scusi se la disturbo, – attaccò lui. – Ma devo trovare il modo di far arrivare una notizia a Melody Mascherano, evitando ogni coinvolgimento ufficiale.

Lei annuí. – Posso fare un tentativo. Di cosa si tratta?

– Se non fosse di estrema importanza non sarei qui, e mi creda, non avrei mai voluto metterla al corrente di fatti tragici che di sicuro la turberanno, anche perché riguardano la morte violenta di suo marito, e il ricordo…

Eva lo interruppe alzando le mani. – Commissa', ho capito: me sta a rovina' la giornata.

E cosí fu. Il racconto della morte violenta della giovane prostituta la turbò profondamente.

– Nun se pò fidanza' co' quella bestia.

– L'unica salvezza per la ragazza è entrare nel servizio protezione testimoni. Cerchi di convincerla.

Ma non fu Eva a informare Melody. Il giorno seguente la ragazza uscí dall'enclave dei Mascherano per l'ultimo shopping prima della grande festa, accompagnata da zia Esmeralda e da un altro paio di comari. In un negozio di intimo un'irriconoscibile Sara le sussurrò che l'avrebbe attesa nei bagni.

– Che succede? – chiese Melody lavandosi le mani, mentre l'altra controllava che non vi fosse nessuno.

– Ora ti racconto una cosa, – attaccò Sara, perentoria. – Ma tu devi rimanere impassibile. Quelle megere che ti aspettano fuori non devono accorgersi di nulla.

Melody era spaventata. – D'accordo, – sussurrò.

– Christian ha ucciso una ragazza nello stesso modo in cui ha massacrato Renzo.

La ragazza si piegò su sé stessa, ma Sara l'afferrò per le braccia e la scosse con decisione. – Stai calma, respira a fondo, – ordinò. – L'informazione arriva da Mattioli. Ti vuole forzare la mano ma tocca a te decidere. Cosa vuoi fare?

– Chi era questa ragazza?

– Una prostituta. Nigeriana, probabilmente.

– Impossibile. Nessun Mascherano va con le negre.

– Svegliati, Melody. Il clan può imporre tutte le regole che vuole, ma se a uno piace la pelle nera se ne fotte altamente. Comunque ora non abbiamo tempo per discutere. Io devo tornare con una risposta.

Melody si bagnò i polsi. – La risposta è no. Sarò la fidanzata che Christian merita.

Cinque

Mattioli scalpitava per uscire dal furgone che fungeva da base operativa, e l'idea di essere costretto a trascorrervi ancora un numero imprecisato di ore lo aveva messo di cattivo umore.

Una squadra aveva lavorato per buona parte della notte a piazzare microfoni e telecamere nei punti strategici. Il questore era perplesso sulla necessità di un tale dispendio di mezzi, ma il commissario lo aveva convinto che era indispensabile per ricostruire una volta per tutte l'organigramma del clan a cui non voleva dare tregua.

Mattioli osservava i monitor e ascoltava il chiacchiericcio frettoloso dei camerieri che stavano ultimando i preparativi prima dell'arrivo degli ospiti.

– Solo nelle fiction la polizia dispone di furgoni belli, grandi e superaccessoriati, – si lamentò Matterazzo. – Invece di questa scatoletta vecchia e puzzolente. Manco l'aria condizionata funziona.

I due tecnici addetti alla registrazione ridacchiarono.

– Figurati che noi qua dentro ci stiamo piú che in ufficio, – disse Salvo, il piú anziano.

– Allora è vostra, 'sta puzza de cane bagnato, – scherzò il sovrintendente.

Su uno degli schermi apparve un corteo di auto aperto dalla Ferrari California di Serse Mascherano.

– Occhio, ragazzi, – avvertí il commissario.

Gli invitati iniziarono a riempire l'ampio spiazzo davanti all'entrata del ristorante. Gli uomini erano in abito scuro, mentre le donne si erano sbizzarrite in fogge provocanti, che scatenarono un fuoco di fila di commenti salaci da parte degli altri poliziotti presenti.

Secondo il commissario quelli vestiti peggio erano i bambini, infagottati in abiti griffati, tenuti a bada da ragazzini appena piú grandi.

Infine giunse la limousine dalla quale scesero i fidanzati.

Mattioli pensò che Christian pareva ancora piú giovane nel suo completo scuro con tanto di gilet, camicia da smoking e cravatta nera con un fermaglio di diamanti. Aveva un sorriso tirato e sudava copiosamente, emozionato all'idea di dividere l'attenzione dei presenti con Melody, la piú bella del reame, che indossava un abito corto molto semplice.

Vennero accolti da un lungo applauso accompagnato da grida festose. Si avvertiva una certa eccitazione nell'aria. D'altronde, quello per il clan doveva essere il fidanzamento del secolo. La principessa ribelle che concedeva le sue grazie al giovane delfino. Nel microcosmo dei Mascherano equivaleva alle nozze fra William e Kate. Belli, indomiti, giovani, destinati a perpetuare e forse allargare le imprese di famiglia.

Serse sprizzava soddisfazione da tutti i pori. Sul completo scuro ostentava una sciarpa bianca indossata trasversalmente, come la fascia tricolore di un sindaco. Nel giro di pochi minuti gli ospiti sciamarono nella sala adibita per il banchetto, mentre l'altra era riservata alle danze. I poliziotti avevano seguito le prove della piccola orchestra di origine slava. Musicisti di mestiere con un vasto e solido repertorio, in grado di accontentare tutti, ma intimiditi dal famigerato clan.

Melody sedeva al centro, tra zio Serse e Christian. I posti erano stati assegnati in base al rango occupato nel clan; i piú prestigiosi erano naturalmente quelli piú vicini al tavolo dei festeggiati.

Furono serviti gli antipasti, e il furgone dei poliziotti fu invaso da immagini di persone che si abbuffavano e da un brusio costante, nel quale si coglievano spezzoni di discorsi riguardanti le attività illecite dei Mascherano.

Mattioli non ascoltava. Seguiva ogni movimento di Melody. La ragazza sapeva di festeggiare il fidanzamento con un pluriomicida, eppure pareva distratta, assente. Alzava il calice con un movimento stanco ogni qualvolta un invitato lanciava un brindisi augurale. Aveva gli occhi e gli obiettivi di videocamere e macchine fotografiche puntati addosso, ma sembrava pensare ad altro.

Il poliziotto non riusciva a capire perché avesse accettato di prestarsi a quella farsa.

Zio Serse, nei rari momenti in cui non aveva la bocca piena, si rivolgeva a Melody parlandole fitto. Lei annuiva senza guardarlo. Mattioli immaginò che le stesse dispensando consigli.

– Stringi l'inquadratura sul volto di Melody, – ordinò al taglio della torta, quando la promessa sposa appoggiò la mano su quella di Christian e con noncuranza priva di passione lo baciò sulla bocca.

– Ma che fa? – sbottò Matterazzo. – Si sbaciucchia quel bastardo?

– Ha deciso di accettare il destino che le ha riservato zio Serse, – masticò tra i denti Mattioli, esterrefatto.

Tra gli auguri gridati a squarciagola, la ragazza posò le labbra su decine di guance, accolse con divertimento il lancio dei confetti e si chinò ad abbracciare i bambini. Giunse il momento di spostarsi nella sala accanto, dove Melody ballò a lungo, passando da un cavaliere all'altro. Poi, esausta, andò a sedersi in un angolo relativamente appartato. Christian confabulava con Moreno e Altero, i due complici nell'omicidio di Renzo. Appariva piú spavaldo del solito, forse perché aveva bevuto o piú probabilmente perché il branco gli dava sicurezza. Ogni tanto i tre rivolgevano sguardi canzonatori in direzione di Melody e ridacchiavano in modo esagerato, volgare. Appena l'orchestrina attaccò una bachata, Melody raggiunse Christian e lo prese per mano, invitandolo a ballare. Il ragazzo cercò di sottrarsi ma lei insistette e fu costretto ad accettare. Era goffo come un orso, e in evidente imbarazzo.

«Giochi col fuoco, ragazza mia», pensò Mattioli.

– Che cazzo di figura mi fai fare? – sibilò inferocito Christian mentre l'orchestra attaccava un lento.

Le labbra di Melody accennarono un sorriso crudele.

– Credevo avessi imparato a ballare, adesso che vai con le negre, – sussurrò allontanandosi.

Per un attimo il ragazzo si sentí perduto. Ruotò su sé stesso, cercando segni rivelatori sui volti e negli sguardi degli invitati. No, nessuno sapeva. E Melody come lo aveva scoperto? Era stato attento e già si era dimenticato dell'accaduto, perché quella puttana non era niente, per lui.

– Dove vai? – le chiese a voce alta.

– A prendere un po' d'aria in giardino.

Christian fermò un cameriere che stava passando con un vassoio di bicchieri di champagne e ne afferrò due. Li ingollò uno dietro l'altro, poi seguí la sua futura sposa.

La ragazza si era inoltrata nel vasto parco della villa. Stava aspirando con voluttà il profumo della mortella quando si udí chiamare. Era zio Serse.

– Solo una donna innamorata balla accussí, – disse il vecchio in tono ambiguo. – Una bella coppia siete.

– Grazie.

– È tutto a posto?

– Sí, zio.

– Sono proprio contento, – aggiunse Serse con un indecifrabile sorriso. – Stai bene? Hai bisogno di quacche cosa?

– Solo di un po' d'aria.

– Non stare tanto assai. C'è molta umidità.

– Sto aspettando Christian.

– Allora sono di troppo –. Il vecchio si girò per allontanarsi.

– Zio.

– Sí?

– Grazie per avermi fatto capire chi sono.

– E questa la cosa piú importante è.

– Sí, la piú importante.

Christian trovò Melody in un angolo nascosto. Appena la vide si liberò della giacca gettandola sul prato e le andò incontro con il passo fiero del conquistatore, deciso a possederla a tutti i costi. Aveva riflettuto. La ragazza non poteva sapere nulla di compromettente, perché nessuno poteva essere a conoscenza del suo coinvolgimento in quel delitto. Ora era arrivato il momento di domarla una volta per tutte. Dalla villa proveniva il suono affievolito della musica.

Melody gli mostrava le spalle. Quando lui la raggiunse, si girò di scatto e gli accarezzò la gola con il rasoio. Lo guardò morire, incurante degli spruzzi di sangue. Poi si chinò per appoggiare l'arma sul suo petto. Al di là delle conseguenze, quell'atto di giustizia andava firmato, rivendicato con fierezza. Dall'ombra di un cipresso si materializzò Sara, armata di una pistola silenziata.

– Andiamo, – disse calma, senza degnare di uno sguardo il cadavere.

Dal furgone i poliziotti avevano seguito gli spostamenti dei due fidanzati ma solo fino ai bordi del parco, dove terminava il perimetro controllato dalle telecamere. Da lí in poi li avevano persi di vista.

– Questi stanno scopando, – azzardò il sovrintendente. – Sono passati piú di venti minuti.

In quel momento sugli schermi apparvero due bambini che sbucavano correndo dagli alberi. Uno urlava come un ossesso, l'altro aveva il viso attraversato da una smorfia di terrore.

– È morto, è morto! – annunciò il primo, zittendo in un attimo l'intera sala. Gli invitati rimasero immobili, come paralizzati. Solo i camerieri si muovevano veloci continuando a sbrigare il loro lavoro.

– Chi è morto? – chiesero i genitori del bambino.

Non riuscendo a parlare, il piccolo indicò il posto dove sedeva Christian e poi il parco. Moreno e Altero si alzarono per primi, seguiti dai genitori e dai parenti del ragazzo.

– Aspettate qui, – comandò Serse.

Il commissario si mosse a sua volta. – Andiamo a vedere cosa è successo, – disse a Matterazzo in tono stanco. E agli altri due ordinò di chiamare i rinforzi.

Grida strazianti lacerarono la quiete del parco. Quando i poliziotti raggiunsero il luogo dove giaceva il corpo di Christian circondato dalla sua gente, notarono subito il rasoio.

– È stata Melody, – sussurrò meravigliato il sovrintendente.

– Devi trovarla prima di loro, altrimenti i morti ammazzati saranno due, – ordinò Mattioli.

Andò dritto verso Serse e lo afferrò per una spalla. La faccia del vecchio era una maschera di dolore e di sconfitta.

– Vattene, sbirro, – sibilò sul punto di esplodere.

– No, siete voi che ve ne dovete andare, – ribatté Mattioli, inflessibile. – State contaminando la scena del delitto. Tanto sappiamo chi è stato e non c'è fretta di interrogarvi.

Il capo dei Mascherano puntò l'indice verso la madre di Christian, inginocchiata di fianco al cadavere del figlio. – Falle piangere le lacrime sue.

– Avrà tutta la vita per farlo. Portala via.

– Voi sbirri non avete nessuna pietà.

– Non cominciare con le sceneggiate, Serse, altrimenti vi tengo chiusi nella villa fino a domani mattina.

Lo zio si avvicinò piano alla donna e l'aiutò ad alzarsi, poi mormorò qualcosa a Moreno e ad Altero, che si occuparono del padre e dei parenti. Tornarono tutti insieme verso il ristorante.

Per un paio di minuti Mattioli rimase solo con il cadavere. Il commissario aveva una caverna buia e fredda nel petto. Era convinto di essere stato lui ad armare la vendetta di Melody, informandola che Christian aveva assassinato la prostituta. Aveva commesso un errore imperdonabile nel dimenticare che era stata allevata secondo le regole non scritte del clan. Da una ragazza che sfregiava le rivali in amore avrebbe dovuto aspettarsi una reazione cosí violenta. Era stato stupido, e superficiale.

La giugulare di Christian era attraversata da un taglio netto e regolare. Un colpo preciso, voluto, sferrato con determinazione. In corte d'assise non sarebbero andati per il sottile nell'emettere la sentenza.

Matterazzo tornò col fiatone. – È scappata.

– Fa' diramare un bollettino di ricerca.

Villa Pagana fu invasa dalla polizia. Poi arrivarono i giornalisti. Il commissario prese da parte Vanni Petrignani, il cronista di nera che gli aveva dato una mano quando era stato ritrovato il cadavere di Renzo Russo.

– Venga, le ricambio il favore.

Lo accompagnò sul luogo del delitto. Gli uomini della scientifica erano occupati nei rilievi.

– Si sa chi è l'assassino?

– L'assassina, – lo corresse Mattioli, e gli raccontò lo stretto necessario per un buon articolo in prima pagina. Poi gli strinse la mano e si fece portare in centrale. Era arrivato il momento di informare il questore del fallimento dell'operazione.

– Ciao, zio Serse, – disse Melody all'obiettivo della telecamera. – Quando vedrai queste immagini sarò lontana. Ti chiedo scusa se ascolterai cose che conosci benissimo, ma questo video è la mia assicurazione sulla vita. Se non mi lascerai in pace, finirà nelle mani della polizia. Vale anche per i miei genitori. Non c'entrano nulla. Prima di iniziare il racconto di tanti episodi che riguardano la famiglia, voglio tu sappia che ho ucciso Christian per vendetta e giustizia. Ha ammazzato Renzo, e nello stesso modo ha massacrato una povera ragazza, una prostituta nigeriana. Proprio cosí, il tuo prediletto andava con le negre. Il tuo erede tradiva le leggi dei Mascherano. E proprio a lui hai dato il permesso di violentarmi tutte le volte che ne avesse avuto voglia. La tua benedizione. Solo per questo meritava di morire.

La ragazza si interruppe e Sara mise la telecamera in pausa.

– Stai andando benissimo, – la rassicurò.

Melody si massaggiò gli occhi. – No, non è per il video. Il fatto è che l'ho ucciso spinta dalla rabbia e dalla paura. E per cancellare quello che mi ha fatto. La giustizia non c'entra. È stato troppo facile, e adesso non provo niente.

Sara sospirò. – È appena successo. Col tempo ti troverai a fare i conti con quella gola tagliata e scoprirai che eri nel giusto. Christian era un mostro e andava fermato. Non sarai affatto fiera di esserti macchiata le mani di sangue, ma questo non ti impedirà di stare in pace con te stessa.

– Come fai a esserne cosí sicura?

– Fidati. Me ne intendo.

Sara le fece segno di continuare e rimise in funzione la telecamera. Melody rammentò allo zio ciò che sapeva del clan.

– Credi che il vecchio rinuncerà a cercarmi? – chiese a Sara alla fine.

– Non può fare altro. Questo filmato può spedirlo in galera per il resto dei suoi giorni. E comunque il tuo vero problema è la legge. Gli sbirri non smetteranno mai di darti la caccia.

La ragazza uscí dalla stanza in cerca della cucina. Quell'appartamento era disabitato da tanto. Un velo di polvere copriva i mobili e dal rubinetto uscí un rivolo d'acqua rugginosa.

– Che posto è questo? – domandò.

– Un tempo era pulito e confortevole, – rispose Sara in modo volutamente ambiguo. – Ora è solo sicuro.

– Ci abitava anche un uomo, vero? Ho visto un dopobarba in bagno.

– Fra tutti è stato quello piú sbagliato, – tagliò corto Sara. Da una busta di manila estrasse un passaporto belga. – Impara a memoria il tuo nuovo nome e le altre informazioni.

– Marie-Thérèse Mainardi, – bofonchiò Melody. – Il cognome è italiano.

– Sei figlia di immigrati.

– Parlo malissimo il francese. Solo qualche parola.

– Dove andrai non se ne accorgerà nessuno.

La ragazza ripeté il nome davanti allo specchio, controllando il nuovo colore di capelli e il look studiato da Sara. Che strana donna. Sapeva il fatto suo e si muoveva nell'illegalità con grande disinvoltura. Pur accettandone l'aiuto, Melody non aveva ben capito perché stesse rischiando tanto per salvare la vita della donna che aveva tagliato la faccia a una sua cara amica.

Respirò a fondo prima di trovare il coraggio di chiederglielo.

– Era giusto farlo. E comunque ho il mio tornaconto, – rispose Sara porgendole un'altra busta.

– Cos'è?

– Denaro. Ti servirà per affrontare i primi tempi. Sono sempre i piú duri.

La ragazza sbirciò il mazzetto di banconote. – Ma sono un mucchio di soldi!

– Diciamo che sono ricca di famiglia, – spiegò Sara.

– Grazie.

Sara finse di non aver sentito. Afferrò la borsetta e si diresse verso la porta. Salirono su un'utilitaria e uscirono da Roma dirette a Marina di Grosseto, in un bar dove avevano appuntamento con lo skipper del *Little Dream*, una grossa barca a vela pronta a salpare per la Spagna.

– A Barcellona salirai su un aereo per Caracas, – aveva spiegato Sara. – Lí ti attende un lavoro in un ristorante italiano. Conosco il padrone e mi deve un favore.

Invece Eddy, il tizio della barca, lavorava soltanto dietro compenso. Prese il denaro e lo fece sparire nella tasca interna del giubbotto.

– Sei pulito? – chiese Sara.

– Sí, come sempre all'andata. È al ritorno che sono carico.

– Non capisco, – si intromise Melody.

– Contrabbando, – spiegò Sara. – Per questo viaggio l'unica merce sei tu –. Poi l'abbracciò. – Addio, Marie-Thérèse.

– Ho paura, – sussurrò la ragazza. – Cosa ne sarà di me? Che vita farò?

– Migliore di quella che ti aveva riservato zio Serse o del carcere, – rispose Sara in tono sbrigativo. – Ora sei libera di ricominciare da capo, e con il conforto di aver regolato i conti. È una fortuna che capita raramente.

Melody annuí e seguí lo skipper che si era incamminato verso il porto.

Sara invece tornò a Roma e si chiuse nell'appartamento dove aveva registrato le dichiarazioni della ragazza. Accese il computer e iniziò a modificare il video. Non era molto pratica del programma e impiegò parecchio. Era già mattina quando poté concedersi qualche ora di sonno.

Serse Mascherano era in difficoltà. L'intero clan era in rivolta. Gli addossavano la responsabilità della tragedia. Lui aveva deciso e imposto che Melody sposasse Christian, nonostante fosse una testa matta. E ora un lutto terribile si era abbattuto sui Mascherano.

– È ora che ti ritiri, – disse il padre del ragazzo ucciso.

Gli anziani della famiglia che affollavano il salotto della sua casa lo guardarono attendendo una risposta. Lui stava appoggiato al camino, come sempre quando si doveva grattare qualche rogna.

– Lo farò quando troveremo un successore. Ora è il momento del dolore. E della vendetta.

I presenti bisbigliarono a lungo, scambiandosi pareri e proposte.

– D'accordo, – disse Valentino Mascherano, coetaneo e antico rivale di Serse. – Ma dopo i funerali ci riuniremo per decidere.

Il capo assentí pensando che il suo regno stava terminando nel peggiore dei modi. Gli affiliati se ne andarono. Avrebbe voluto rimanere solo e invece gli toccò affrontare sua moglie. Persino Esmeralda era venuta a presentargli il conto.

– Non dire che non ti avevo avvertito che la tua bella principessina era marcia, – esordí. La donna era distrutta dalla vergogna e dal peso della disfatta. – Adesso tutti ci odiano, ci lanciano le peggiori maledizioni.

– Vatti a riposare. Sei stanca.

– E ora cosa farai per salvarci?

Serse guardò la moglie. Era la donna piú importante e potente del clan, ma tremava di paura.

– Non ti preoccupare. Ne usciremo a testa alta, – le rispose. – Da quando sono il capo, i Mascherano sono diventati piú forti e piú ricchi. E sono i quattrini che contano.

– Non era mai successa una cosa simile, – ribatté Esmeralda esasperata. – Pensi che la nostra gente ti perdonerà solo perché gli hai riempito la pancia e il portafogli?

– Ora non ci stanno con la testa. Poi passerà.

– Ma tu che cosa pensi veramente?

Il vecchio non rispose. Non poteva certo ammettere che era disperato per Melody, perché nonostante tutto continuava a essere la sua preferita. Esmeralda gli lesse nella mente. Conosceva troppo bene l'uomo che aveva sposato. E per la prima volta lo odiò.

– T'ha infettato il sangue, – disse mentre chiudeva piano la porta.

«Non ci posso fare niente», si giustificò con sé stesso Serse, e chiamò Moreno, che insieme agli altri stava battendo Roma a tappeto per trovare Melody.

– Novità?

– No. Quella è brava a fuire, chissà dove cazzo si è rintanata, – rispose con una certa eccitazione. – Ma stai sicuro che alla fine la acchiappiamo.

Moreno ne era convinto. E non vedeva l'ora di metterle le mani addosso per sbattersela fino a stancarsi, staccarle la testa e buttarla in una fogna. Ma Serse era di altro avviso. Aveva notato come Melody avesse provocato Christian, spingendolo a raggiungerla nel parco. Come aveva pianificato l'omicidio. Doveva anche aver organizzato la fuga. E qualcuno l'aveva aiutata. Era quello il punto dolente: si era fatto l'idea che dovesse essere stato un altro uomo, estraneo alla famiglia. Come quell'infame di Renzo Russo. La situazione era piú grave e pericolosa di quanto ritenesse il resto del clan. Andava fatta pulizia. Bene e a fondo, come a Pasqua.

Sara entrò da *Vanità* poco prima della chiusura per il pranzo. Eva stava leggendo il giornale ad alta voce, attorniata da Luz e Ksenia. Sara salutò e si avvicinò al bancone.

Eva le indicò l'articolo. – Ma che ha fatto 'sta matta?

– Si è vendicata, – rispose calma. – Io ero lí.

Le tre amiche ammutolirono e la fissarono esterrefatte.

– Sul serio?

– E adesso dov'è?

– In viaggio per l'altra parte del mondo. Non credo che ne sentiremo ancora parlare.

Eva si alzò di scatto. – Invece de ammazza' se doveva consegna' alla polizia, cosí tutti i morti aveveno giustizia. Mi' marito, la ragazza de colore, lei stessa. Cosí s'è rovinata, lei e tutti quanti. Adesso è diventata 'n'assassina, quanno bastava testimonia' davanti al giudice.

– Calmati, – la pregò Luz.

– No che non mi calmo! – urlò Eva. E poi, rivolta a Sara: – E tu perché l'hai aiutata, eh? Non si ammazzano le persone, c'è la legge!

Sara non si scompose. Tirò fuori dalla borsa un Cd e glielo porse. – Consegnalo a Mattioli, – disse. – Contiene una serie di dichiarazioni di Melody sul clan, a partire dall'assassinio di Renzo. Serse e gli altri due che hanno ucciso tuo marito sono fottuti. E con loro il resto dei Mascherano.

Eva rimase interdetta. – Non ti capisco.

– Ho messo a posto le cose. A modo mio, – spiegò Sara. – Christian meritava di morire e Melody aveva il diritto di vendicarsi. E tu di ottenere giustizia. Diciamo che ho aiutato e ingannato entrambe, ma avete avuto quello che volevate.

– E non poteva fa' la registrazione e scapparsene, senza ammazza' nessuno? – domandò Eva agitando in aria il Cd. – Questo adesso è macchiato di sangue.

– No, – sibilò Sara furiosa. – Melody è una vittima che ha reagito, e comunque quello che ha fatto è un problema suo.

– Sara ha ragione, – intervenne Ksenia. – Capisco quello che provi, ma io sono molto fiera di lei.

– Me lo doveva di', – si ribellò Eva.

– Eva, ragiona, *por favor*, – disse Luz. – Ha risolto le cose. Porta quel Cd al commissario e chiudiamo la faccenda. Abbiamo tutte bisogno di guardare avanti.

La vedova fissò a una a una le amiche. Prese la mano di Sara e la strinse forte. – Scusa, è che tutta 'sta violenza me manda ai pazzi. Ho sempre davanti agli occhi Renzo disteso su quel lettino con la faccia che sembrava un pezzo de carne.

– Ora vai da Mattioli, – suggerí Sara in tono affettuoso. Poi se ne andò, diretta a casa di Angelica Simmi. Aveva bisogno di confidarsi con lei, in quella stanza buia dove la donna piú coraggiosa che avesse conosciuto combatteva una battaglia silenziosa contro una malattia infida e terribile.

Felix la informò che stava riposando e la invitò a pranzare insieme. Il cubano ne aveva viste troppe per non cogliere il turbamento di Sara.

– È difficile, se non impossibile, accontentare tutti.

L'anziano infermiere annuí. – So bene cosa intendi. È stato il dramma del mio paese.

E iniziò a raccontare aneddoti della sua vita, andando indietro negli anni. Aveva la straordinaria capacità di avvolgere le persone in un bozzolo caldo fatto di parole meditate e storie avvincenti.

Dopo aver parlato con Angelica, Sara si sentí piú serena. – Non sono orgogliosa di quello che ho fatto, ma sono certa di aver agito secondo la mia coscienza, per il riscatto di due donne.

– Ora però è arrivato il momento di pensare al tuo, di bene, – disse l'ammalata.

– E in che modo?
– Facendo i conti col passato.
– Non sono ancora pronta.
– Non manca molto, cara. Non manca molto, – disse Angelica prima di chiudersi in uno dei suoi misteriosi silenzi.

Mattioli schiacciò il tasto off del telecomando e il volto di Melody scomparve. Era impressionato dalla mole di informazioni fornite dalla ragazza e sollevato per la possibilità di infliggere un duro colpo al clan.
– Come ha avuto questo Cd, signora D'Angelo? – domandò a Eva che gli stava seduta davanti.
– Non glielo posso dire.
– La ragazza è ricercata per omicidio e questo video lo ha registrato dopo aver tagliato la gola a Christian.
– Non mi costringa a mentire e smetta di farmi domande, – sbottò Eva. – Piuttosto, mi dica se quello che le ho portato sarà utile a mettere in galera i Mascherano.
– Utilissimo. Non ho dubbi che il giudice firmerà i mandati di cattura, non appena visionato il materiale.
– E Melody? Terranno conto della sua disperazione?
– Lo spero, ma la pena sarà ugualmente severa. Ha ammesso lei stessa che il delitto era premeditato, e questa è un'aggravante da ergastolo.
– Dovrebbe beccarsi fra i venticinque e i trent'anni, – ipotizzò Matterazzo.
Il commissario gli lanciò un'occhiata e il sovrintendente si ricordò di un impegno urgente che lo costrinse ad allontanarsi.
– Eva, – attaccò Mattioli in tono confidenziale, – mi dia la sua parola d'onore che non è coinvolta in questa vicenda.
– Glielo giuro. Ho fatto solo la postina.
– Lo sa che mi verrebbe da pensare che sono coinvolte le sue amiche Ksenia Semënova e Luz Hurtado?

– E sbaglierebbe. Non c'entrano nel modo piú assoluto.
– Lo giura?
– Su quello che vuole.
– Allora dovrò pensare che è stata la stessa Melody a farle recapitare la sua confessione. Ma sappiamo entrambi che non era all'altezza di un piano cosí sofisticato.
– Ma perché lo vuole sapere? Che gliene importa? Se lo avesse ricevuto per posta non si farebbe tutte queste domande.
– Perché mi sento usato, – confidò Mattioli. – Una pedina in una guerra personale contro i Mascherano. E la cosa mi dà fastidio.
– Se è solo fastidio allora non è cosí grave, – ammiccò Eva, con un gran sorriso che contagiò il poliziotto.
– No, non lo è.
– Aspetto di leggere sul giornale buone notizie, quindi, – disse la donna alzandosi.
Il commissario si precipitò dal questore. – Devo farti vedere una cosa.
– Non ho tempo.
– Vedrai che ti piacerà.

Quartilla Mascherano quella notte non riusciva a dormire. Le mancavano due anni, tre mesi e undici giorni per essere scarcerata e tornare dai suoi bambini, che ormai erano grandicelli ed erano cresciuti con il padre e i nonni.

Aveva tenuto un comportamento ineccepibile per evitare di allungarsi la galera e per meritare gli sconti di pena previsti dall'ordinamento penitenziario. Per quattro anni aveva sofferto in silenzio ingoiando soprusi e offese, in attesa che quell'inferno avesse fine.

Poi nel pomeriggio c'era stata la visita di suo marito. Lo aveva lasciato parlare, per poi fargli l'unica domanda che le stava a cuore: – Hai un'altra, vero?

Lui aveva avuto un attimo di esitazione prima di negare e Quartilla aveva capito che era vero e che evidentemente lui non la amava piú, se era venuto a farle quel discorso.

Si alzò e andò ad accovacciarsi sul cesso alla turca. Piangendo si mise a strofinare il manico dello spazzolino da denti sul pavimento fino a trasformarlo in un acuminato punteruolo. Rigida come una morta attese distesa sul letto l'apertura delle celle per l'ora d'aria del mattino. Bevve un caffè e con l'arma nascosta nelle mutande andò in cerca di Anselma, la madre di Melody.

Pioveva e il cortile era deserto. Le detenute passeggiavano per i corridoi delle sezioni o stavano rintanate a letto a chiacchierare e a fumare.

La trovò appoggiata al muro di fianco alla sua cella. Si fronteggiarono per alcuni secondi, in silenzio.

– Lo sapevo che saresti venuta tu, – disse Anselma. – Sei cugina di primo grado di Christian.

Quartilla infilò la mano nei jeans ed estrasse il punteruolo. La vittima non si difese. Abbracciò la sua assassina e si lasciò pugnalare a morte. Gli agenti arrivarono quando ormai era troppo tardi per entrambe. Una rimase a terra, l'altra venne trascinata in cella d'isolamento, dove urlò il nome dei suoi figli fino a quando le guardie non la fecero tacere a forza di manganellate.

Per il padre di Melody non fu necessario inviare un killer. Ci pensò da solo a togliersi di mezzo. Era uno all'antica, e sapeva che il peso di certe vergogne era insopportabile. Infilò la testa in un sacchetto della spazzatura e aprí il gas del fornelletto da campeggio che usava per fare il caffè.

Fu il cappellano a scoprire il cadavere. Era venuto a informare Cipriano della morte tragica della moglie.

Zio Serse aveva iniziato a fare pulizia. Ora mancava all'appello solo quella «testa matta» di Melody.

Sei

Il commissario Mattioli aprí gli occhi e controllò la sveglia digitale: erano le quattro del mattino. Doveva essersi appisolato per un paio d'ore.

Di solito alla vigilia di un'operazione importante non riusciva a dormire, ma l'ansia che lo costringeva a ripassare ogni singolo dettaglio del blitz doveva averlo sfiancato al punto da farlo crollare in un sonno breve ma profondo.

Si girò a guardare la moglie. Mentre dormiva pareva una bambina. Il volto sereno, come se il riposo notturno fosse il giusto premio a una giornata vissuta laboriosamente, senza risparmiarsi. Elvira era maestra elementare in una scuola di periferia. «Bisogna prenderli da piccoli», era il suo motto. E con «prenderli» intendeva accudirli, curarli, innaffiarli come delicati germogli. L'esatto opposto di quello che faceva suo marito, per il quale «prendere» equivaleva a strappare un'erbaccia quando ormai era troppo tardi.

Forse per questo Mattioli non riusciva piú a entusiasmarsi per il suo lavoro. Gli sembrava di ripulire saltuariamente un campo incolto che continuava a rimanere abbandonato e a riempirsi di mala erba.

Scivolò giú dal letto. In cucina la macchinetta del caffè era pronta sul fornello. Un semplice gesto di accudimento, tipico della sua signora. Il loro rapporto era fatto di queste attenzioni quotidiane.

Prima di uscire aprí la finestra della cucina per controllare il tempo. Fu accolto dal gracchiare delle cornacchie che contendevano ai gabbiani il controllo del piccolo parco prospiciente la sua abitazione. Da un paio d'anni quella zona di Roma aveva subito un'improvvida invasione, e a chi si fosse staccato per un attimo dalle proprie preoccupazioni per alzare lo sguardo al cielo, capitava di assistere a combattimenti tra uccelli che sfrecciavano come aerei da caccia in formazioni acrobatiche. Quegli stridî minacciosi turbavano regolarmente il suo risveglio, e inevitabilmente si ritrovava a pensare alle bande criminali che si scontravano per il controllo della città. I gabbiani erano gli invasori attirati dai cumuli di immondizia, una ricchezza che le cornacchie non avevano nessuna intenzione di spartire con loro.

«Per fortuna non pioverà», disse fra sé.

Si voltò, e sua moglie era lí, i capelli corti arruffati e il viso assonnato.

– Devo preoccuparmi?

Per un istante Mattioli temette che la domanda alludesse alla sua infatuazione per la D'Angelo. Ma dal sorriso fiducioso di Elvira capí che non c'era nessun sottinteso. Era come sempre in pensiero per il marito poliziotto, che stava andando ad arrestare gente pericolosa. Si sentí in dovere di rassicurarla.

– Va' a dormire e goditi il giorno libero. Stavo solo riflettendo che il prossimo weekend ce ne potremmo andare da qualche parte, in campagna o al mare.

La moglie lo squadrò con un'espressione simpaticamente incredula. Lo salutò con un cenno della mano e tornò sotto le coperte.

Fuori era ancora buio. Il commissario alzò il bavero del soprabito per proteggersi dall'umidità. Andò incontro a Matterazzo, che lo aspettava a bordo dell'auto di servizio.

Dovevano passare in centrale per concordare gli ultimi dettagli dell'operazione che il questore, con la consueta enfasi, aveva battezzato «Fort Apache», alludendo all'enclave superblindata dei Mascherano. Sarebbero stati mobilitati piú di cento uomini, le unità cinofile e due elicotteri. Grazie alle rivelazioni di Melody, questa volta avrebbero inferto un duro colpo al clan.

Il magistrato e il questore avrebbero voluto far scattare l'operazione il giorno dei funerali di Christian Mascherano, ma Mattioli, che ormai aveva imparato a decodificare la mentalità tribale della banda, li aveva convinti che sarebbe stato un errore. Sulla carta i funerali sarebbero stati una ghiotta occasione per una retata, una «tonnara», come l'aveva definita il suo superiore, perché vi sarebbero convenuti tutti i membri del clan. Ma il commissario aveva sottolineato il rischio di una reazione violenta da parte degli affiliati, che avrebbero recepito il blitz come un affronto alla sacralità della sepoltura. E cosí era stato deciso di fare irruzione all'alba.

Il blitz avrebbe comportato decine di arresti, perquisizioni a tappeto e qualche probabile colluttazione per neutralizzare i piú riottosi. L'accerchiamento doveva essere perfetto, capillare. I Mascherano conoscevano mille trucchi e bisognava stare in allerta. Tutto andava preparato e realizzato con metodo.

Questo aspetto operativo del suo lavoro piaceva poco a Mattioli che, come poliziotto, apparteneva al genere segugio. Le urla, i pianti, la gente caricata a forza sui cellulari, il frastuono degli elicotteri non lo eccitavano come succedeva invece a molti colleghi. Era piú che consapevole dell'importanza dell'operazione, che avrebbe stroncato per un bel po' una delle principali organizzazioni criminali della capitale, ma non aveva alcun interesse ad attribuirsene il merito. Da anni ormai si prefissava scopi semplici e circoscritti che avevano poco a che fare con un senso realmente risolutivo della giustizia. Il suo obiettivo principale in quell'azione era vedere gli assassini di Renzo e il loro mandante in manette, mantenendo cosí la promessa fatta a Eva. Si ricordò di averla sognata nelle poche ore di sonno che si era concesso, e con sua sorpresa non si sentí in colpa per questo.

Controllò l'orologio: le cinque e dieci. Il comprensorio era ancora avvolto nel nero della notte. Mancava quasi un'ora all'alba.

Il quartiere fu circondato, e solo quando tutte le unità furono in posizione vennero accese le luci blu e le sirene.

I due elicotteri piombarono sulle case sollevando polvere e agitando le chiome degli alberi. I primi affiliati che uscirono dalle loro abitazioni vennero inquadrati nei coni di luce proiettati dall'alto. Gli agenti della mobile li costrinsero a inginocchiarsi per ammanettarli.

Uno dei piloti segnalò la presenza di un uomo che tentava di scappare attraverso i tetti. La sua fuga durò poco, perché al quarto salto lo spostamento d'aria causato dall'elicottero ne rallentò lo slancio e il fuggitivo finí per cadere sulla ringhiera di un balcone, fratturandosi una gamba. Mattioli, accorso insieme alla sua squadra, lo vide agitarsi e contorcersi dal dolore. Lo riconobbe subito: si trattava di Moreno Mascherano.

«E uno», pensò il commissario, provando suo malgrado un sottile brivido di soddisfazione. Quando raggiunse la villetta dove abitava Altero, gli agenti avevano già sfondato la porta. Si precipitò all'interno, dove era in atto una mischia degna di una partita di rugby. I poliziotti cercavano non senza fatica di farsi largo in mezzo a un muro umano composto da donne di ogni età, che avevano messo in scena un teatrino di urla, pianti e svenimenti, la loro specialità.

– Maledetti!

– Bastardi!

– Oh, Nostro Signore!

– Vergognatevi! Facete schifo!

– Pigliatevela con quelli piú grandi che vi fanno un culo cosí.

– Sei bravo tu. Hai sfondato la porta. Buffone!

Una donna si buttò addosso al commissario appoggiandogli la testa sul petto. Mentre lui cercava di sorreggerla, fu investito da un sentore di olio di mandorla. La donna si lasciò scivolare ai suoi piedi, a peso morto, abbracciandogli le gambe. Mattioli, infastidito, resistette a fatica all'impulso di scalciare. Afferrò la donna per le braccia costringendola a rialzarsi e la affidò a Matterazzo, che non si fece impietosire e le urlò di stare in piedi, tanto si vedeva che faceva scena.

Mattioli aprí con un calcio la porta di una camera e sorprese un ragazzo in pigiama nell'atto di calarsi giú dal balcone.

– Fermo! – urlò spianando la pistola.

L'uomo si voltò: era Altero Mascherano, il secondo complice di Christian. Rimase qualche istante con una gamba a cavalcioni della ringhiera, valutando se tentare il salto o arrendersi.

– Non ci provare.

Il giovane pregiudicato tirò indietro la gamba e alzò le mani con un ghigno strafottente. Mentre veniva portato via, si rivolse a Mattioli. – La galera non si è mai mangiata i cristiani. Prima o poi esco e di te non mi scordo.

«E due», disse fra sé Mattioli, per nulla impressionato.

Per completare il suo terno al Lotto mancava solo la cattura del vecchio capo.

«La fortuna di essere anziani è svegliarsi presto», pensò zio Serse vestendosi in fretta. La sua villa stava al centro dell'agglomerato di costruzioni abusive che formavano l'enclave. Serse aveva calcolato che sarebbe stata raggiunta per ultima dalla strategia di accerchiamento delle «guardie». Il pericolo piú immediato veniva dall'elicottero che volava ininterrottamente sopra le case, illuminandole con quel faro che sembrava l'occhio del Padreterno.

Lo zio ne aveva studiato il movimento circolare e aveva calcolato che ripassava sopra la villa ogni cinquanta secondi.

Discese la scala di marmo e in fondo trovò Esmeralda, che lo fissò negli occhi senza tradire alcuna emozione. Ci voleva ben altro per metterla in agitazione.

– Senza che mandiamo la cosa per le lunghe. Va', va', – gli disse.

– Oggi ci sono i guai e ce li prendiamo. Poi domani si vedrà, – rispose il vecchio baciandola sulla fronte.

Rimase in attesa sulla soglia dell'ingresso secondario, e quando vide la luce proiettata dall'elicottero spazzare il prato e piegarsi sulla facciata della villetta attigua, corse a piccoli passi, un po' ingobbito, verso un pozzo situato ai margini dell'orto.

In realtà era una cavità asciutta collegata a un cunicolo sotterraneo. Serse l'aveva scoperta anni addietro, all'epoca dell'edificazione della villa. L'operaio di fiducia che aveva mandato in perlustrazione era tornato dopo una decina di minuti spiegando che doveva trattarsi di un vecchio canale agricolo, forse realizzato dagli antichi Romani, oppure di un passaggio catacombale. In ogni caso sbucava a circa cinquecento metri dalla villa, in piena campagna. Serse aveva fatto costruire intorno alla cavità il finto pozzo, ricoprendolo con una lamiera per proteggerlo dalla pioggia.

Lo zio non aveva mai capito quei boss di mafia e di camorra che passavano la latitanza murati in casa come topi. Per lui quel tipo di nascondiglio equivaleva alla galera. E la galera gli era insopportabile. Da giovane aveva trascorso qualche mese al gabbio e aveva finito col prendere a testate il muro della cella fino a farsi ricoverare in infermeria.

Rimosse la protezione e si lasciò cadere nel finto pozzo. Le sue giunture si lamentarono ma resistettero all'impatto con la terra bagnata. Appena dentro accese la torcia elettrica.

Il cunicolo era stretto e trasudava umidità. Il vecchio affrontò con decisione i primi cento metri, ma via via che si addentrava nel budello si sentiva sempre meno sicuro. Gli mancava l'aria, il petto era stretto da una morsa che gli toglieva il fiato. La fronte si imperlò di sudore freddo. La testa gli doleva, il sangue affluiva troppo in fretta alle tempie che battevano come martelli, impedendogli di ragionare. Si bloccò a metà strada, senza riuscire a muoversi.

Serse fu preso da un senso di spaesamento, come non gli succedeva nemmeno da ubriaco. I polpacci si contrassero in spasmi che lo costrinsero a piegarsi sulle ginocchia. La torcia gli scivolò. Perse la cognizione del tempo mentre il panico lo invadeva come una mano che gli strizzasse gli intestini. Non respirava piú, rantolava, e per la prima volta ebbe paura di morire in quel ventre di terra, come un ratto in agonia.

Fu il latrato dei cani a restituirgli un barlume di lucidità. Forse gli sbirri avevano scoperto il pozzo e stavano venendo a prenderlo. «Meglio accussí», si disse tornando indietro. Poi però l'idea della prigione in cui avrebbe trascorso il resto dei suoi giorni, per sempre senza aria, lo sferzò come una secchiata di acqua gelida.

«Stronzo, che fai? Ti arrendi?»

Con i muscoli della schiena contratti che gli procuravano atroci fitte di dolore, riuscí a girarsi e a riprendere la via di fuga, strisciando ventre a terra. Finalmente il cunicolo terminò. Serse Mascherano puntò il raggio di luce in alto e individuò un tombino di ghisa, l'ultimo ostacolo che lo separava dalla libertà.

«Ancora uno sforzo e glielo metti nel culo. Sei vecchio ma sei forte. Un leone, sei. Dài che ce la fai».

Salí i pioli di ferro e sbucò all'aria aperta. Raggiunse una casa colonica diroccata dove lo attendeva una Panda scassata nascosta da un telone impermeabile. Aprí il cofano, collegò i morsetti della batteria e mise in moto con la chiave nascosta sotto il tappetino. Sul sedile c'era un cappello a falda larga. Se lo ficcò in testa e partí.

– Qualcuno la pagherà, quanto è vero Iddio, – si sfogò ad alta voce. – Gli faccio pisciare sangue a tutti. Con calma, però. Al momento giusto. La vendetta è un piatto che va mangiato freddo, perché caldo ti bruci la bocca.

Il commissario Mattioli irruppe con i suoi agenti nella villa di Serse Mascherano e trovò Esmeralda che sgranava il rosario con aria torva e assorta. Non riuscirono a scucirle una sola parola, e quando individuarono il finto pozzo il sole era già alto nel cielo.

Paolo Mattioli si sentiva come un centravanti che aveva beccato il palo dopo aver scavalcato il portiere. Era stato a un passo dall'en plein, ma con un ultimo sussulto la pallina della roulette aveva abbandonato la casella del suo numero vincente. Per dirla col sovrintendente Matterazzo, che aveva il dono della sintesi, Serse li aveva fregati di brutto. Il commissario non avrebbe certo rinunciato alla caccia, ma sapeva che l'occasione giusta era sfumata. Capí come doveva essersi sentito un giocatore come Renzo Russo ogni volta che la sorte si era fatta beffe di lui. La cosa che gli dava piú fastidio era non essere riuscito a rendere piena giustizia alla sua vedova, a Eva D'Angelo. Per questo non si decideva a comunicarle l'esito del blitz.

Sperava in una soluzione improvvisa nella caccia al latitante. Era stato insolitamente duro nel condurre gli interrogatori di Moreno e Altero, per strappare loro una piena confessione in merito all'assassinio di Renzo. Aveva condotto le indagini per due giorni e due notti consecutive finché non era crollato, sfinito dalla stanchezza, sul divanetto del suo ufficio.

A sua volta Eva, che aveva letto la notizia sui quotidiani, avrebbe voluto chiamarlo per complimentarsi, ma lo immaginò impegnatissimo e non volle sembrare invadente. Attendeva con ansia la visita del commissario, vi si preparava curando in modo particolare il suo aspetto, come non le capitava da tempo. La mattina si svegliava mezz'ora prima per avere l'agio di scegliere il trucco giusto e gli abiti che la snellissero di piú. E se le amiche la prendevano in giro, ribatteva che non si trattava di civetteria ma di decoro, perché quando fosse tornato da lei voleva essere all'altezza, tutto lí.

Naturalmente le cose andarono all'esatto opposto di come se le era immaginate. Mattioli si presentò proprio il giorno in cui Eva, Luz e Ksenia avevano deciso di sostituire la vecchia insegna della profumeria e di farlo da sole, in un empito di autosufficienza femminile. Per l'occasione Eva aveva raccolto i capelli sulla nuca tenendoli fermi con una matita, e aveva indossato per comodità una tuta che certo non esaltava le sue forme. Quando lo vide arrivare si trovava arrampicata in cima a una scala a pioli, con il sedere che sporgeva verso la strada nel tentativo di passare a Luz la lettera n di *Vanità*. Abbandonò la postazione facendo oscillare pericolosamente la scala, e dopo un imbarazzato cenno di saluto si precipitò all'interno della profumeria.

Ignaro di essere la causa di tanta agitazione, il commissario si trattenne con Luz.

– Eva si sente in vena di cambiamenti, – spiegò la colombiana con una sfumatura allusiva che non sfuggí al commissario e gli provocò un forte imbarazzo.

Un paio di minuti dopo la signora D'Angelo fece la sua comparsa con i capelli sciolti e un rossetto che esaltava l'incarnato e il sorriso luminoso. La tuta era stata rimpiazzata da un abitino che sottolineava la recente riconquista della taglia 42.

– Lo sa che la cicatrice scompare nella fossetta?

– E mica posso sta' sempre a soride' come un pajaccio...

L'uomo realizzò di avere subito inciampato e cercò di correggersi.

– Non intendevo questo...

– Sí, ho capito. Certo che lei con le donne ce sa fa' pochino...

– Comunque non si vede quasi piú neanche quando è seria.

Eva lo guardò intenerita, poi scoppiò a ridere.

– Venga, facciamo due passi, – gli disse prendendolo sottobraccio. – Allora ha mantenuto la promessa, li avete presi.

– Non tutti. Purtroppo Serse Mascherano è sfuggito alla cattura. Ma non mi dò per vinto, anche se devo ammettere che non riusciamo a trovare un solo indizio utile che ci metta sulle sue tracce.

– Ma lui è il piú importante. È stato il vecchio a ordinare l'omicidio di Renzo.

Il riferimento all'uomo che l'aveva fatta tanto soffrire incupí entrambi.

– Pensa ancora a suo marito?

– Sí, ma solo perché l'hanno ammazzato in quel modo. Mi ero già allontanata da lui e sono sicura che non l'avrei piú rivisto se fosse ancora vivo. Sto dicendo un'assurdità?

– No. Lei è una persona sincera e mi ha sempre dato l'idea di essere in contatto con sé stessa. Ammiro la sua chiarezza, la sua capacità di ammettere quello che sente, senza ipocrisie. Non posso dire lo stesso di me.

– Perché?

– Per la mia brutta abitudine di cercare sempre l'errore.

– Mamma mia, che cosa complicata, – scherzò la D'Angelo. – Guardi che io sono una donna semplice, mi sono fermata al diploma magistrale.

Il commissario sorrise. – Sto cercando di dire che forse quello che provo per lei è sbagliato.

– E che sarà mai?

– Già, che sarà mai?

Eva tentò di dominare la curiosità. Avrebbe voluto chiedere, farsi spiegare cosa ci fosse di tanto drammatico, ma scelse di rispettare il suo silenzio. Qualcosa aveva capito di quell'uomo, per esempio che non andava forzato se non lo si voleva far chiudere come un riccio.

Lui la ricondusse al negozio. Imbarazzato, le porse la mano per congedarsi.

– Arrivederci, Eva.

Improvvisamente sembrava aver fretta di andarsene. Eva sentí che doveva dire qualcosa, altrimenti non lo avrebbe piú rivisto. Provò a essere disinvolta.

– Passi a trovarmi quando vuole. Facciamo ottimi sconti alle persone che ammiriamo.

Il commissario rimase sulla difensiva. – Io sono un tipo da supermercato. Uso da vent'anni lo stesso dopobarba da quattro soldi.

– Aspetti –. Eva entrò di corsa in profumeria e, sotto lo sguardo incuriosito di Luz, scelse da uno scaffale un'elegante confezione. Tornò fuori evitando lo sguardo indagatore dell'amica. – È un'acqua di colonia delicata ma persistente. Mi sembra molto adatta a lei.

L'uomo aggrottò la fronte, esitando ad accettare il regalo.

– Si fidi. Il mio naso è infallibile.

– Mia moglie potrebbe ingelosirsi.

Eva rimase senza fiato. Si era lasciata ingannare dal suo anulare sinistro privo della fede.

– Non sapevo che fosse sposato, – si fece sfuggire, pentendosene un attimo dopo.

– Non ho mai avuto modo di dirglielo.

Chissà perché, ma Eva non aveva mai pensato che potesse essere legato a un'altra donna. Eppure, ora che lui glielo aveva detto, le sembrò normale. Sarebbe stato strano il contrario.

– Come si chiama?

– Elvira.

– Secondo me Elvira l'apprezzerà. La vostra vita coniugale potrebbe giovarsene.

– Ne dubito, – disse l'uomo decidendosi a guardarla negli occhi. – Penserei a te ogni volta.

Eva non fu piú in grado di dissimulare la delusione.

Mattioli le restituí il flacone. – Grazie, è come se avessi accettato.

Eva annuí. Poi si protese verso di lui e lo baciò delicatamente su una guancia. – Tua moglie è una donna fortunata.

Prima che il commissario si girasse, Eva ebbe l'impressione che fosse arrossito. Osservò la sua andatura dinoccolata eppure elegante: pareva non aver mai fretta, come un viaggiatore che guardi il mondo con curiosità ma senza nessuna pretesa di cambiarlo.

Provò a immaginare come sarebbe stata la vita con lui se le circostanze fossero state diverse, ma non riuscí a intravedere nulla.

«Troppo tardi. O troppo presto. Comunque troppo complicato», pensò.

Sara li aveva seguiti da lontano. Aveva capito che Eva aveva preso una sbandata per il commissario, ma nonostante l'affetto che provava per l'amica sperava con tutte le sue forze che non finissero a letto. Mattioli era una bravissima persona ma pur sempre un poliziotto. Sarebbe stato meglio che non frequentasse troppo da vicino la loro «famigliola».

Attese che l'uomo se ne fosse andato per entrare nella profumeria, e fu sufficiente sbirciare il volto di Eva per capire che si erano fermati in tempo.

– È stato il bel commissario o sei stata tu?

– Lui. Ha scelto la moglie.

– E davvero volevi diventarne l'amante? Quella che si ama a pranzo o al pomeriggio?

– No, certo che no. Non volevo portare via l'uomo a nessuna. Però ci siamo incontrati e piaciuti. Che te devo di'? So' cose che capitano.

– Ne incontrerai un altro. E sarà quello giusto, – commentò Luz con tono zuccheroso.

– Sei una bella donna. E io me ne intendo, – intervenne Ksenia.

Eva si passò l'indice sulla cicatrice. – Devo trovare uno a cui piaccia il genere donna vissuta, – scherzò.

Lo scambio di battute continuò ancora per un po' fino a quando Eva si accorse che Sara la fissava.

– Che c'è?

– Dimmelo tu.

Eva sospirò. – Serse Mascherano si è nascosto bene. Mattioli mi ha detto che non sanno da che parte cercarlo.

– Io forse lo posso trovare.

– Vivo o morto?

– Questo non dipende da me.

– Non posso accettare che proprio lui riesca a cavarsela.

– Ha messo in piedi una squadra di avvocati in grado di dare del filo da torcere all'inchiesta, che si regge quasi esclusivamente sul video di Melody.

– Cosa vuoi dire?

– Che il vecchio è troppo pericoloso per lasciarlo in libertà. È maledettamente astuto e potrebbe scoprire o intuire che sei stata tu a consegnare il Cd alla polizia. E a quel punto nessuna di noi sarebbe piú al sicuro.

– E allora trovalo, – sbottò Luz preoccupata.

– E in fretta, – aggiunse la siberiana.

Sara puntò l'indice. – Me lo deve dire lei.

Eva annuí. – Trovalo.

Sara sorrise e si diresse verso la porta. – Quando decidi di vendicarti non puoi lasciare le cose a metà, – disse senza voltarsi.

Sara sapeva dove cercare le informazioni utili per individuare il nascondiglio del capo dei Mascherano. Lo avrebbe fatto anche la polizia, se avesse avuto il contatto giusto.

Quello di Sara era una donna. La chiamavano Claire, ma il suo nome all'anagrafe era Alfonso Martuscello. Era una trans non piú giovanissima ma di una bellezza ancora sconvolgente. Bazzicava solo ambienti esclusivi, a tariffe principesche.

I loro destini si erano incrociati perché Sara spiava uno dei suoi clienti e aveva piazzato microfoni nell'appartamento dove Claire esercitava la professione.

Impiegò tre giorni ad aggiornarsi sulla vita della trans. Poco o nulla era cambiato. Era soltanto diventata piú ricca ed era in grado di mettere in imbarazzo diversi personaggi influenti della vita politica ed economica del paese.

Faticò invece a individuare un luogo defilato da dove tenere d'occhio l'entrata della discreta ed elegante palazzina in pieno centro storico.

Pagò profumatamente un custode, al quale aveva fatto credere di essere una giornalista a caccia di scoop, per avere libero accesso a una cantina nel seminterrato di un edificio attiguo. Una delle finestrelle a livello del marciapiede offriva una visuale perfetta sul portone. Un tempo avrebbe agito diversamente. Ma allora non era sola e aveva piú mezzi a disposizione. Adesso, invece, le toccava muoversi come un qualsiasi investigatore privato e impiegare molto di piú per ottenere i dati che le servivano. Poter contare su un'intercettazione ambientale e telefonica non era lo stesso che rimanere ore a fissare una facciata. Ma Sara non si perse d'animo. Era stata addestrata bene e aveva operato in situazioni peggiori.

Le doleva l'osso sacro per le lunghe ore che aveva trascorso su quella maledetta sedia di plastica, quando lo vide arrivare. Era certa che fosse lui, ma attese che uscisse per fugare ogni possibile dubbio.

Giuseppe Iannello continuava a frequentare la sua bella trans. Di nascosto. Non solo dalla moglie ma anche dalla 'ndrina a cui apparteneva e che, a differenza della consorte, non avrebbe mai potuto perdonare una simile debolezza.

Ma Giuseppe era innamorato. Sara ricordava perfettamente le frasi rubate dai microfoni. Se avesse potuto se la sarebbe sposata, Claire. Ma le strutture arcaiche della mafia e della criminalità organizzata si reggevano su leggi ben precise, ed erano bigotte e tradizionaliste. Si poteva ammazzare di botte una puttana, inquinare le campagne interrando rifiuti tossici, sciogliere i figli dei pentiti nell'acido, ma guai ad andare con le negre, le trans o i froci. La morte in quei casi non era un rischio, ma una certezza.

E Iannello era un pezzo grosso. Aveva fatto carriera nel suo clan, che storicamente riforniva di cocaina i Mascherano, e secondo la Dia era proprio lui a gestire i rapporti con le bande romane. La 'ndrangheta era il grossista di stupefacenti piú importante, in grado di garantire una distribuzione sicura, efficiente e conveniente. Il calabrese era vent'anni piú giovane di Serse Mascherano, ma si erano sempre piaciuti e rispettati.

Il mattino seguente la trans andò a trovare la mamma che abitava in periferia. Era vestita in modo semplice, jeans e chiodo, ma quando scese dalla macchina tutti i maschi nel giro di cento metri le piantarono gli occhi addosso. Lei finse di non rendersene conto e si infilò in un portone. Poco dopo uscí a braccetto con un'anziana signora. Sostarono in un caffè prima di entrare in un supermercato. Claire era affettuosa e la madre ricambiava. A tratti si fermavano per chiacchierare fitto, spesso ridevano di gusto. Sara la invidiò e si sentí a disagio nel violare quell'intimità. In realtà avrebbe fatto di peggio con la trans, pensò mentre fingeva di leggere l'etichetta di un barattolo di sottaceti.

Un paio d'ore piú tardi, si fece trovare seduta sul cofano della sua auto.

– Con quel culone me lo sfondi, – commentò Claire acida.

– Ti stavo aspettando.

– Mi conosci?

– Da un bel po', ma soprattutto conosco Giuseppe Iannello. Gli piace sempre lavarti la schiena dopo che te lo ha succhiato?

Claire impallidí. – Cosa vuoi?

– Un'informazione. Piccola e insignificante rispetto a quello che avete da perdere. Lo sai che se i calabresi vi scoprono ammazzano anche te, vero?

– Io non so nulla dei suoi affari.

– Brava. Continua cosí. Io voglio sapere dove si nasconde Serse Mascherano. Solo questo. Poi sparisco e non sentirete piú parlare di me.

Claire sbirciò un passante e attese che si allontanasse.

– Sapevo che un giorno sarebbe successo, – commentò con la voce rotta.

– Siete fortunati che sia io l'unica a conoscenza della vostra relazione.

– È vero?

– Sí.

La trans frugò nella borsetta alla ricerca di sigarette e accendino. – Non posso dirgli che qualcuno lo ricatta perché prenderebbe paura e inizierebbe a far sparire le tracce. E la prima sarei io.

– Pensavo ti amasse.

– Alla follia, ma di mezzo ci sono i suoi fratelli, suo padre, i parenti piú stretti. Loro ragionano diversamente.

Sara allargò le braccia. – Allora trova tu il modo, ma io devo avere quella risposta.

– Ho bisogno di tempo.

– Due settimane. Non un giorno di piú.

Claire era terrorizzata. Sara era dispiaciuta di aver fatto irruzione nella sua vita e di essere stata minacciosa e sgradevole. Ma quelle faccende andavano cosí. Non si poteva gestirle altrimenti.

– Mi farò viva, – disse prima di girare i tacchi e sparire.

Sara, nei giorni seguenti, continuò a controllare il palazzo dove viveva Claire, e quando la vide venir fuori con il volto tumefatto inutilmente nascosto da un grande paio di occhiali da sole, decise che non avrebbe atteso la scadenza del suo ultimatum. Verificò che non fosse pedinata e l'affiancò non appena la trans uscí da un negozio di borse.

– Non ha gradito la tua curiosità, vero?

Claire era spaventata ma sollevata. – Per fortuna ti sei fatta viva. Giuseppe ti vuole incontrare.

– Cos'è successo? Hai fatto una domanda di troppo e si è insospettito?

La trans batté il tacco della scarpa in un curioso gesto di stizza. – Io ho provato a buttare lí il discorso, ma come ho pronunciato il nome di Serse Mascherano è diventato una furia. «Tu uno cosí manco sai che esiste», ha gridato, e mi ha riempito di botte.

– E tu gli hai raccontato del nostro incontro.

– Subito. L'amore mio mena di brutto, sai?

– Immagino. E dopo avete fatto pace?

– No, è spaventato, non si fida, è diventato paranoico. Vuole parlare con te, – spiegò, prendendo il cellulare dalla borsa.

Sara assentí. – Chiamalo.

Il calabrese rispose immediatamente, e dopo un paio di battute il telefonino passò a Sara.

– Vedo che hai la mano pesante con le fanciulle.

– La colpa è solo tua, – ribatté il mafioso.

– Claire mi ha detto che vuoi trattare direttamente con me.

– Sí, voglio capire quanto fastidio puoi darmi.

– Ti posso accontentare subito. La vera femmina della coppia sei tu. Vuoi che continui? Conosco tutti i particolari.

Iannello accusò il colpo. Il silenzio che seguí fu lungo e interrotto solo dal suo respiro affannoso. – Claire sostiene che sei l'unica a saperlo, – disse in tono cauto.

– Sí, i microfoni erano per un altro cliente della tua bella, invece sei arrivato tu e da quel momento non ho smesso di ascoltarvi. Ma i nastri me li sono tenuti.

– Li posso comprare.

– I soldi non mi interessano. Lo sai cosa voglio.

– Non è cosí semplice.

– Non lo sarà nemmeno il palo che ti ficcheranno su per il culo i tuoi compari, quando scopriranno che non sei quello che credono.

– Vediamoci presto.

– Domani. Ti chiamo a questo numero.

– No. Appena riattacco, questa scheda cessa di esistere.

Sara apprezzò la professionalità. D'altronde una ragione doveva pur esserci, se Iannello non aveva mai scontato un solo giorno di galera.

– Domani mattina alle dieci in punto alla libreria della stazione Termini, – propose lei.

– È un posto del cazzo.

– Non ci saranno altre occasioni, – ribatté Sara prima di chiudere la comunicazione.

Sara arrivò due ore prima travestita da giovane turista con modeste disponibilità economiche. Jeans, scarpe da ginnastica consumate, giubbotto e zaino con adesivi di diverse città europee, si piazzò tra le biglietterie e la grande libreria e iniziò a guardarsi intorno. Il suo occhio allenato individuò subito poliziotti in borghese, taccheggiatori, ladri di valigie e le altre categorie che si spartivano quotidianamente la «piazza» di Termini.

Aveva adottato quella procedura per evitare sorprese. Non si fidava di Iannello. Infatti, dopo un'ora circa, notò un tizio che sbirciava l'interno della libreria attraverso le vetrine. Si muoveva lentamente, fingendo di osservare i titoli esposti.

Doveva avere sui cinquant'anni. Anche se era vestito da uomo d'affari, aveva un modo di muoversi che tradiva un'agilità fuori del comune. Il volto era segnato da profonde rughe agli angoli della bocca. Sara pensò che il calabrese doveva essersi rivolto a un indipendente. Un professionista che molto probabilmente lavorava nel settore sicurezza e spionaggio, e che se pagato abbastanza poteva trasformarsi in torturatore o sicario.

L'uomo andò a bere un caffè in uno dei bar del piano superiore senza smettere di tenere sotto controllo il luogo dove sarebbe avvenuto l'incontro. Sara si concentrò su di lui e non lo perse mai di vista. Non aveva dubbi che il tizio fosse lí per lei. Dopo l'incontro con Iannello l'avrebbe «agganciata» e pedinata ovunque al fine di ottenere tutte le informazioni utili a portare a termine l'operazione. Il mafioso calabrese giunse con qualche minuto d'anticipo. Sara lo avvicinò mentre si aggirava tra gli scaffali della saggistica.

– Seguimi al piano di sotto.

Mentre scendeva le scale, con la coda dell'occhio vide l'altro entrare. Registrò il fatto ma non si preoccupò piú di tanto. In quel contesto non era pericoloso. Si fermò nella zona della manualistica da cucina e sfogliando un volumetto sulla cottura a microonde affrontò Iannello.

– E allora? Dove si nasconde il vecchio Serse?

Il calabrese si aggiustò sul naso aquilino gli occhiali dalla montatura invisibile. Aveva occhi scuri e penetranti leggermente ravvicinati, ma il viso nel complesso era gradevole. A differenza del suo scagnozzo, indossava capi sportivi anche se griffati.

– Non lo so. Gli affari con i Mascherano non sono piú di mia competenza, – sussurrò. – Non posso chiedere un'informazione di quel tipo se poi Serse fa una brutta fine. Capirebbero che sono stato io a fare la soffiata.

– Avere una doppia vita comporta sempre una serie di problemi, – gli ricordò Sara.

L'uomo la sfidò con lo sguardo. – Non posso farlo. Ti conviene accettare il mio denaro.

– No.

Il mafioso allargò le braccia. – Allora dovrai avere molta pazienza. Cercherò di scoprirlo, ma non posso garantire il risultato.

Sara era perplessa. Iannello non si comportava come si sarebbe aspettata. Doveva essere pronto a piegarsi al ricatto, invece traccheggiava senza preoccuparsi di risultare arrogante.

Evidentemente aveva puntato tutto sul suo uomo, che ora li stava osservando di sottecchi dal settore riservato all'arte. Il mafioso aveva fatto i suoi calcoli e aveva preferito correre il rischio che riteneva minore, ovvero eliminare la minaccia. Sara pensò che la stava sottovalutando solo perché era una donna. Lo stronzo meritava una lezione.

– Ci rivediamo qui tra una settimana esatta, alla stessa ora, – disse.

Poi si diresse a passo spedito verso l'uscita che dava sul sotterraneo della metropolitana, mescolandosi alla folla di viaggiatori. Evitò di voltarsi per non insospettire l'uomo che la stava pedinando. Scese alla fermata di Ottaviano e si avviò a piedi, spostandosi da una via all'altra. Passò sotto un arco che conduceva a un grande giardino, su cui si affacciavano i portoni di quattro palazzi. Alcuni bambini si rincorrevano sotto lo sguardo attento delle mamme. Sara conosceva il luogo al punto da possedere la chiave di uno di quei portoni. Lo scagnozzo di Iannello sopraggiunse un minuto piú tardi. Teneva le mani in tasca e si guardò attorno alla ricerca della sua preda. Sara girò la chiave lentamente, per avere la certezza di essere vista. Appena fu dentro prese la pistola e avvitò il silenziatore. Convinto di non essere stato notato, l'uomo si affrettò sperando che il battente non fosse chiuso. Non lo era. Ma non si trattava di fortuna. Lo capí subito dopo, il tempo di fare due passi all'interno ed essere colpito a bruciapelo da una pallottola al ginocchio destro e una al gomito sinistro. Crollò a terra e Sara lo centrò alla bocca con un potente calcio. L'uomo svenne e lei lo perquisí alla ricerca del cellulare. Una manciata di secondi piú tardi stava già attraversando il giardino.

La telefonata di Iannello arrivò una ventina di minuti piú tardi. – Allora?

– Allora adesso ti sputtano con i tuoi compari, – rispose Sara interrompendo la comunicazione.

Il tempo di riprendersi e il calabrese richiamò. Tradí Serse Mascherano senza il minimo rimorso e tra i singhiozzi scongiurò la sconosciuta di avere pietà di lui e dei suoi figli.

– Dio mi ha fatto come una bestia, – si disperò il mafioso. – Ho chiesto la grazia anche a santa Maria della Consolazione, al paese mio.

Sara troncò la conversazione. «Grandissimo coglione», pensò.

Epilogo

Melody uscí dalla cucina reggendo un vassoio di carne alla brace. Il ristorante era affollato come sempre e lei aveva cominciato a servire ai tavoli il giorno stesso in cui era arrivata a Caracas. Il proprietario era un italiano cinquantenne dai modi rudi e schietti, che l'aveva accolta con un'unica raccomandazione: «Fai quello che ti dico e camperai alla grande».

La ragazza era rimasta sorpresa quando aveva visto una foto appesa su una parete dove era ritratto con la divisa della polizia italiana.

«Sí, sono stato uno sbirro e mi sono fatto onore. Poi mi sono innamorato di una bella venezuelana e ho attraversato l'oceano».

«E Sara come l'hai conosciuta?» aveva chiesto incuriosita.

«Sara chi?»

Melody attraversò la sala guardando le persone sedute che mangiavano chiacchierando, ridendo o semplicemente guardandosi negli occhi. Per la prima volta si sentiva uguale agli altri. Nel giro di poco tempo i Mascherano e tutta quella che era stata la sua vita a Roma erano diventati un ricordo meno opprimente. Ora aveva una casa che stava arredando, e poteva già contare su alcune amicizie.

Si girò verso il banco dove Fermín stava stappando una bottiglia di vino rosso. Era uno dei camerieri, bello come il sole e di qualche anno piú giovane. Si scambiarono un sorriso. Melody pensò che per Marie-Thérèse era arrivata l'ora di fare l'amore. Ormai si sentiva al sicuro.

Anche Serse Mascherano si sentiva al sicuro. Si era nascosto in una casa colonica nelle campagne di Sant'Eusanio del Sangro, in provincia di Chieti. Tutto intorno, ulivi e silenzio. I documenti falsi valevano il prezzo decisamente fuori mercato che aveva chiesto il falsario a cui si era rivolto. Avrebbe potuto ricorrere ad altri meno cari ma aveva preteso il massimo per la propria sicurezza, e quello era considerato il migliore di tutta la capitale. Si dava anche un sacco di arie. Serse non si poteva permettere di finire in galera per due buoni motivi. Era troppo vecchio per scontare l'ergastolo, e dal carcere non avrebbe avuto nessuna possibilità di rimettere in piedi il clan. Mantenere i contatti con gli avvocati e seguire le poche attività rimaste con i sopravvissuti del suo esercito lo obbligava a muoversi spesso. Proprio quella sera aveva incontrato a Lanciano un paio di scagnozzi che aveva dovuto promuovere sul campo per riempire i vuoti causati dagli arresti. Lo avevano informato sulle attività delle altre bande che cercavano di appropriarsi del loro territorio di spaccio. La situazione era grave ma non compromessa. Sarebbero state necessarie alcune nuove alleanze e qualche atto di forza. I due gli avevano portato una busta con le ultime informazioni sugli spostamenti del commissario Mattioli. Serse aveva deciso che sarebbe morto, un atto necessario a placare la sete di vendetta dei Mascherano e utile a lanciare un messaggio a coloro che potevano cadere nella tentazione di tradire, come aveva fatto la madre di Melody.

Era un bel pezzo che nessuno ammazzava poliziotti, e il corpo di Mattioli crivellato di colpi sul selciato avrebbe fatto incazzare tutti, dagli sbirri ai giornalisti, ma per nessun motivo voleva passare alla storia del clan come il capo che non aveva punito il responsabile della peggiore sconfitta che i Mascherano avessero subito. Avrebbe tirato il grilletto di persona, per lavare l'onta col sangue di quel pezzo di merda.

Lo zio si spostava su un pick-up di seconda mano con il cassone sporco di terra e qualche attrezzo da contadino. Non sembrava affatto uno dei latitanti piú ricercati d'Italia.

Tornò a casa attraverso un dedalo di viuzze sterrate dove gli sbirri non avrebbero perso tempo a mettere posti di blocco. Scese dal fuoristrada e guardò il cielo come faceva sempre. Quella sera le stelle non si vedevano. In paese dicevano che l'indomani sarebbe piovuto.

Quando entrò in casa sentí odore di femmina. Quel misto di profumo e trucchi che impregna pelle e vestiti. Per un attimo pensò a sua moglie, che in quel momento si portava addosso quello della galera.

Accese la luce, piú incuriosito che preoccupato. Gli sbirri e i sicari emanavano ben altri aromi e infatti si ritrovò di fronte due donne: Sara ed Eva. Conosceva solo quest'ultima, l'aveva vista dalla finestra di casa quando era venuta a restituire i ventimila euro a Melody. L'altra era piú giovane e gli puntava addosso una pistola silenziata.

La tizia armata gli tirò un paio di manette e con il mento indicò il termosifone.

– Sai quello che devi fare.

Serse obbedí a malincuore: del resto, da quella distanza la giovane non avrebbe sbagliato mira. La sconosciuta si avvicinò, gli appoggiò il silenziatore all'altezza del cuore e lo perquisí. Ci sapeva fare.

– Una sbirra sei? – domandò sorpreso.

– Zitto, – ordinò la donna, sfilandogli il revolver dalla cinta. Poi trovò la busta. Si allontanò di un passo ed esaminò il contenuto. Foto di Mattioli che entrava e usciva dalla propria abitazione, due fogli di appunti. Sara si girò verso Eva.

– Zio Serse vuole ammazzare il tuo bel commissario.

Eva tese la mano, e guardò le foto a sua volta. – Ma tu non ti stanchi mai di ammazzare i cristiani? – sbottò. La voce tradiva la tensione. Serse pensò che quella donna non rappresentava un problema e nemmeno un pericolo.

– Come avete fatto a trovarmi?

Sara ridacchiò. – Se te lo dicessi ti impiccheresti per la rabbia. Ma purtroppo non posso.

Guardò Eva con un sorriso d'incoraggiamento. Ora toccava a lei, ma le tremavano le gambe e non c'era verso di placare l'affanno che le spezzava il respiro. Cercò la forza nel ricordo del marito disteso sul lettino dell'obitorio.

– Renzo Russo. Sono qui per lui, – disse. – L'avete ammazzato come un cane, ma le bestie siete voi.

– Non doveva andare cosí, – si giustificò Serse. – La gelosia ha fatto uscire di testa a Christian e la cosa è scappata di mano. Ma tuo marito un infame era, e meritava di morire. Ai Mascherano ha portato solo dolore. Il suo tradimento è costato la vita a un ragazzo e ha trasformato Melody in una vipera che si è macchiata del sangue della gente sua. Dato che hai già avuto la tua vendetta, non capisco che cosa vuoi da me.

– Non capisci, eh?

– Te l'ho appena detto.

Eva si avvicinò. – Non lo dovevi tocca'. Renzo era quello che era, ma i cristiani non s'ammazzano cosí.

– Tutto qui?

– E te pare poco?

Serse sospirò e si rivolse a Sara. – Se devi sparare, spara. Ma liberami da questa cretina.

– Qui non muore nessuno, – annunciò Eva. – Anzi, non muore piú nessuno. Tu te ne devi anna' ar gabbio, che quello è il posto tuo.

E uscí, sbattendo la porta.

Mascherano si ritrovò da solo con Sara. – Non mi pari pazza come alla vedova. Possiamo parlare?

– Mi vuoi offrire dei soldi?

– Quello che vuoi. Basta che mi liberi.

Sara scosse il capo. – Io ti avrei cacciato una pallottola in testa, ma Eva deve avere la consolazione di svegliarsi ogni mattina sapendo che stai scontando l'ergastolo. Non è pazza. È solo annientata dalla crudeltà con cui le hai ammazzato il marito.

– E tu che mi significhi, in tutto questo?

La donna non rispose, prese il cellulare di Serse e gli scattò una foto. Poi digitò un numero.

– Buonasera, commissario Mattioli. Lei non mi conosce, ma le ho appena mandato una fotografia di Serse Mascherano ammanettato a un termosifone. Ora mi metto al sicuro, poi le invierò un Sms con l'indirizzo. Oltre al latitante troverà anche del materiale che la riguarda.

Sara si avviò verso la porta.

– Non tieni paura che mi vendico? – chiese Serse.

– Non sei cosí stupido, – ribatté la donna. – Di me non sai nulla, e se provi a toccare Eva io ti scovo ovunque. Anche in galera.

Poi uscí e lasciò aperta la porta perché il vecchio potesse vedere la notte.

Al contrario di quello che aveva pensato fino a un attimo prima, era contenta di non averlo eliminato. Per uno come lui il carcere era peggio della morte, e poi per il clan avere il capo in una cella significava probabilmente sparire dalla scena criminale romana. L'unico modo per salvare la dinastia era un erede degno del trono, ma fino a quel momento nessuno aveva dimostrato di avere le doti che servivano. In ogni caso, queste erano valutazioni che lasciava volentieri a Mattioli. L'unica cosa che le interessava davvero era aver saldato almeno in parte il debito con Eva.

– Non mi sento affatto meglio, – si lamentò quest'ultima mettendo in moto.

– Ci vuole tempo.

– Ne sei sicura?

Sara aveva voglia di una sigaretta ma dovette accontentarsi di una caramella senza zucchero. – No, non lo sono. Però penso che arriva un momento in cui accade qualcosa e si gira pagina.

– Una cosa qualsiasi?

– Sí, ma deve essere quella giusta.

– Tipo?

– Una casa nuova.

Eva sorrise. – Devi vedere come sta venendo carina.

Albeggiava quando Mattioli fece irruzione con gli uomini della mobile nel rifugio dello zio. Il latitante era semidisteso in una posizione innaturale e scomodissima, ma le manette non gli lasciavano alternativa, a parte restare in piedi. Aveva resistito fino a che aveva potuto, poi si era arreso alla stanchezza e all'età. Mentre gli agenti perquisivano la casa, il commissario gli si avvicinò e lo aiutò ad alzarsi.

– Ti ha fottuto una donna, a quanto pare, – mormorò. Non voleva che nessuno dei colleghi sentisse.

Lo zio rimase impassibile. – Vallo a chiedere alla vedova Russo.

Mattioli finse di non ricordare. – Ma chi? Una bella signora con una cicatrice sulla guancia?

– Proprio lei.

– Vuoi dirmi che è stata la signora D'Angelo a farmi questo regalo?

– Lei e un'altra pazza che moriva dalla voglia di spararmi.

Il poliziotto agitò l'indice. – Ti stai sbagliando. La signora in questione era a cena con me ieri sera, e se fossi in te non andrei in giro a raccontare questa storiella. Meglio che la fai partire da quando siamo arrivati noi, se vuoi che qualcuno continui a rispettarti.

Serse annuí. – Ci scopiamo la vedovella, eh?

– Non prenderti certe confidenze con me, – lo ammoní Mattioli gelido. – E segui il mio consiglio.

Arrivò Matterazzo, che tirò un ceffone a Serse. Il commissario lo allontanò con una spinta.

– Ma che fai? Questo finisce all'ergastolo, non pensi sia già abbastanza?

Il sovrintendente gli passò la busta con le foto.

– Commissario,'sto pezzo di merda voleva farle la festa.

Mattioli diede una scorsa alle istantanee e agli appunti. Per certe cose era un abitudinario, parcheggiava sempre al solito posto e comprava il giornale nella stessa edicola da anni, a due passi da casa. Lo avrebbero abbattuto, un'esecuzione in piena regola.

Ebbe paura e si sentí stanco. Restituí la busta a Matterazzo. – Mettila con gli altri reperti –. Poi uscí all'aperto e si sedette su un muretto a guardare la campagna.

Il sabato successivo Eva inaugurò la nuova casa con una piccola festa, invitando Ksenia, Luz, Lourdes, Sara, Felix e i suoi nuovi vicini di pianerottolo, una coppia di giovani sposi. Ognuno arrivò con una pietanza, una bottiglia di vino e un dono portafortuna. Eva era raggiante. L'appartamento era bello, confortevole e con una deliziosa terrazza da cui si vedevano i tetti del quartiere. Se l'era potuta permettere grazie alla vincita al Lotto di Renzo.

Uscendo dalla cucina con una grande torta notò Sara appoggiata alla ringhiera. Appariva assorta.

Eva affidò il dolce a Luz e la raggiunse. – Anche se sei a dieta, una fettina la puoi mangiare.

– Cosí mi tenti.

– No, te lo ordino dall'alto della mia esperienza personale, fatta di mille diete iniziate e mai finite.

Sara rise e mosse un passo per rientrare, ma Eva la fermò. – Grazie, – sussurrò.

– Ero in debito. Mi sento cosí in colpa.

Eva le mise un dito sulle labbra. – Renzo era destinato a finire male comunque, e adesso questa storia è chiusa. Per sempre. Non ci pensare piú.

L'altra annuí con un bel sorriso e l'amica le diede un bacio leggero sulla guancia prima di rientrare.

Sara era dispiaciuta di averle mentito. Solo il rimorso di aver cacciato Renzo da casa le aveva dato la forza di reagire e fermare il meccanismo di autodistruzione che la stava annientando. Ora doveva trovare il coraggio di affrontare quello che le era accaduto prima, e l'unico modo era raccontare tutto alle sue amiche.

Era sola. Non aveva piú nessuno, e quelle donne erano la sua salvezza, la sua famiglia. Affetti sinceri e disinteressati da trattare col giusto rispetto. Ora che aveva scelto di vivere, doveva sciogliere quel nodo di sofferenza che l'attanagliava.

Ksenia le portò una fetta di dolce. – Assaggia questa delizia, – disse. – E pensare che prima di venire in Italia ero convinta che i dolci piú buoni del mondo fossero quelli che cucinava mia nonna.

Sara l'assaggiò. Era troppo turbata per sentire il sapore. – Ottima, – mormorò imbarazzata.

L'amica la fissò. – Hai gli occhi lucidi.

– Stavo pensando a una storia triste.

– A me piacciono tanto le storie tristi.

– Questa non ha niente di bello.

– Ragione di piú per raccontarmela, non credi?
– E tu sei sicura di volerla ascoltare?
– Sí. E anche Eva e Luz. Qui nessuna di noi ha segreti.
– Prometto che ci penserò.
– E ci farebbe piacere che tu venissi a lavorare in profumeria. Lo sappiamo che i soldi non ti servono, ma noi abbiamo bisogno di una mano.

Sara non avrebbe mai sperato tanto. – Mi accontento di fare le pulizie, – disse emozionata.

– Quelle si fanno a turno, – specificò la siberiana. – E comunque tu vai bene nel settore trucchi. Non sono la tua specialità?

Arrivò Lourdes di corsa e le prese per mano trascinandole dentro. – Basta chiacchierare, – disse seria. – Dobbiamo fare gli auguri a Eva per la sua nuova casa.

Sara finse di bagnarsi le labbra con lo spumante. Incontrò lo sguardo della siberiana e le fece un chiaro cenno di assenso. Ksenia sorrise, sollevata.

L'indomani avrebbe spalancato le porte dei suoi segreti, ed era certa che le sue amiche avrebbero capito il senso delle sue azioni. E sarebbe rimasta per sempre al loro fianco. A godere del loro affetto e a proteggerle a costo della vita. Perché era stata cresciuta e addestrata per essere una guerriera. Una vendicatrice.

Fonti delle canzoni citate nel testo.

I versi a p. 36 sono tratti dalla canzone di Enrico Ruggeri e Luigi Schiavone *Il mare d'inverno*, interpretata da Loredana Berté in *Jazz*, © Warner / Chappell Music Italiana Srl / Emi Songs Srl, (P) Cbs (poi Sony Music) 1983.

I versi a p. 73 e 74 sono tratti dalla canzone di Jeremy Fraites e Wesley Schultz *Dead Sea*, interpretata dai Lumineers in *The Lumineers*, © Kobalt Music Publishing, Ltd, (P) Dualtone Music Group 2012.

I versi a p. 78 sono tratti dalla canzone di Diego Calvetti e Marco Ciappelli *Per tutta la vita*, interpretata da Noemi in *Sulla mia pelle* (Deluxe Edition), © Warner / Chappell Music Italiana Srl, (P) Sony Music 2010.

I versi a p. 112 sono tratti dalla canzone dei Brokenspeakers *La mia pistola*, in *L'album*, (P) La Suite Records 2009; e dalla canzone dei Circolo Vizioso *Sole*, in *Terapia*, album autoprodotto, 2007.

Questo libro è stampato su carta contenente fibre certificate FSC®
e con fibre provenienti da altre fonti controllate.

FSC
www.fsc.org
MISTO
Carta da fonti gestite
in maniera responsabile
FSC® C115118

Stampato per conto della Casa editrice Einaudi
presso ELCOGRAF S.p.A. - Stabilimento di Cles (Tn)
nel mese di maggio 2013

C.L. 21271

Edizione — Anno

1 2 3 4 5 6 7 — 2013 2014 2015 2016